Ute Schusterreiter

Die Nacht der Chimären

Mystery-Roman

Cover-Design: Christian Mentzel, Dipl.-Designer
Cmuk Gruppe für Gestaltung, Wiesbaden

Bibliografische Information der Deutschen Nationalbibliothek:
Die Deutsche Nationalbibliothek verzeichnet diese Publikation in der Deutschen Nationalbibliografie; detaillierte bibliografische Daten sind im Internet über http://dnb.dnb.de abrufbar.

© 2020 Ute Schusterreiter

Herstellung und Verlag: BoD – Books on Demand, Norderstedt

ISBN: 9783752876345

„Täume, diese nächtlichen Rufe aus dem Urgrund unserer Seele, nicht greifbare Boten einer anderen Welt, Erinnerungsbruchteile aufgereiht wie Halbedelsteine auf einem Faden bilden sie die Assoziationskette unserer Erlebnisse, Ängste und Wünsche. Sie lassen uns das Absurde für Normalität halten, tragen uns an die Orte unserer geheimsten Sehnsüchte und lassen uns plötzlich fallen, weil der Rücken des Vogels auf dem wir sitzen, sich in nichts auflöst.

Wäre es nicht schön, wir könnten das verhindern, wären in der Lage unsere Träume zu steuern, ganz nach unserem Belieben?" Marc hörte nur mit halbem Ohr hin. Sylvia sprach weiter. „Du möchtest doch immer alles unter Kontrolle haben, probier' es doch einfach mal aus."

Marc hob abwehrend die Hand. Jetzt ließ Sylvia wieder die Psychologin raushängen, dabei war das doch Elenas Fachgebiet. Zeit aufzubrechen also, aber der Köbes knallte ein weiteres Kölsch auf den Tisch. Der gelbbraune Schaum schwappte über den Rand des Glases und rann hinab wie geschmolzene Sahne. Es war heiß an diesem Freitagnachmittag unter dem Fachwerk der Altstadt, an metallisch glänzenden Stehtischen im Odeur von Fassbier, Schweinshaxe und Pommes Frites.

„Ich wollte eigentlich zahlen", rief Marc dem Kellner nach, wurde aber vom Lachen der umstehenden Feierabendgäste übertönt. Halb Köln schien sich in den Kneipen am Rheinufer versammelt zu haben. Marc schob das Glas von sich und wischte mit einer Serviette das übergelaufene Bier auf.

Achim legte einen Bierdeckel auf sein ausgetrunkenes Glas. „So muss man es machen, wenn man keins mehr möchte." Er lächelte belehrend.

„Das weiß ich auch", erwiderte Marc, „hab' nicht dran gedacht." Achim grinste zwischen Marc und Sylvia hin und her, dann in die ganze Runde. „Marc will gehen. Jetzt wo es spannend wird! Elena, Timo, sagt auch etwas!"

Timo zog gleichmütig die Schultern hoch, „lasst ihn gehen, Eilige soll man nicht aufhalten."

„Zahlen bitte", versuchte Marc seinen Aufbruch dingfest zu machen, nur Sylvia bestellte demonstrativ noch eine Cola. Der Köbes nickte gestresst. Es herrschte Hochbetrieb.

Sylvia sah Marc herausfordernd an. „Ich hatte gestern einen Sportstudenten in der Praxis, der seine Technik beim Stabhochsprung mit Hilfe des luziden Träumens extrem steigern konnte", sie suchte Elenas Blick, in der Hoffnung Unterstützung zu erhalten, „der springt sich jetzt mit Sicherheit in die nächste Meisterschaft."

Sylvia wollte Marcs Aufbruch hinauszögern, das spürte er, wusste aber nicht, was er davon halten sollte. Interessierte sie sich für ihn?

Er kratze sich verlegen am Ohr. Sein früher Abschied sollte nicht unhöflich wirken, er war einfach müde und das Thema nicht sein

Ding. Eigentlich genoss er die Treffen mit den alten Studienfreunden. Sie tranken manchmal nach der Arbeit ein Bier und behielten damit eine Gewohnheit aus Examenszeiten bei. Keiner sollte vor sich hinbrüten und den Blick für das Wesentliche verlieren. Neu in der Runde war nur Achim. Marc hatte ihn eingeführt, weil er als Labor-Mediziner nicht allein unter den praktischen Ärzten sein wollte.

Elena fing Sylvias Blick auf und nickte. „Wir Psychologen wissen schon lange von diesen mentalen Fertigkeiten, seine Träume zu kontrollieren. Das eröffnet den Klienten ganz neue Möglichkeiten, aber kaum jemand probiert es aus. Die Leute haben einfach keine Geduld."

Marc warf Sylvia einen skeptischen Blick zu. „Warum ist der Typ denn bei dir in Behandlung, wenn er so tolle Leistungen bringt?"

„Schulterzerrung"

Marc musste nun wirklich lachen. „Dann solltet ihr Orthopäden euch mit den Psychologen in einer Gemeinschaftspraxis niederlassen. Was nützt dem Mann seine Technik, wenn er sich dann die Schulter verletzt?"

Sylvia und Elena widersprachen aus einem Mund. „Darum geht es doch gar nicht."

Marc winkte ab. Er leerte sein Glas in einem Zug und hob ungeduldig sein Portemonnaie Richtung Köbes.

Achim hatte sich kurz mit Timo beraten und mischte sich nun wieder in das Gespräch. „Also, wir haben auch schon über bewusst gesteuertes Träumen gelesen. So unbekannt ist diese Technik gar nicht. Es geht einfach darum, Dinge im Schlaf zu üben."

„Ja, oder Sachen zu machen, die man im wirklichen Leben nicht kann", ergänzte Timo und deutete auf eine Möwe, die sich mit einer stibitzten Fritte in die Lüfte schwang, „fliegen zum Beispiel."

Elena und Sylvia stimmten begeistert zu und bald fiel jedem etwas ein, was er gerne einmal im Traum erleben oder gefahrlos ausprobieren würde.

Marc schaltete ab. Er war müde und der Quatsch interessierte ihn nicht. Die Woche war anstrengend gewesen. Nach vielen Überstunden hatten er und sein Team nennenswerte Ergebnisse aus ihrem Forschungsprojekt zusammentragen können. Ein kleiner Schritt in der Entwicklung eines neuen Impfstoffs. Er schweifte in Gedanken ins Labor. Hatte er den Stickstoffcontainer wieder verschlossen? Ja, hatte er.

Er sah seine Freunde plaudern, ohne wahrzunehmen was sie sagten. Das übermütige Gestikulieren von Elena, das besonnene Nicken von Timo, das angeheiterte Lachen von Achim und die sich schnell bewegenden Lippen von Sylvia. Sein Blick glitt tiefer. Sie hatte die oberen beiden Knöpfe ihres weißen Poloshirts geöffnet. Die Diskussion wurde hitzig. „Sex mit Angelina Jolie" hörte er Achim einwerfen. Elena kicherte. Marcs Blick hing immer noch an den geöffneten Knöpfen von Sylvias Shirt. War etwas zu erkennen?

Nein. Die festen kleinen Brüste saßen tiefer als der Ausschnitt eines Poloshirts reichen könnte. Schade, dass Sylvia sich immer nur sportlich anzog. Überhaupt waren die meisten Frauen in seinem Umfeld wie Sylvia: Klug, aber reizlos gekleidet. Wäre es anders herum, wäre es aber auch nicht recht. Marc fragte sich, ob er sich zwischen beiden Varianten entscheiden musste. Gab es keine perfekte Mischung? Sein Blick schweifte über die Biertische hinunter zum Rhein. Auf der Uferpromenade schlenderte eine Frau in einem engen bordeauxroten Kleid, das ihren wohlgeformten Körper gleichermaßen bedeckte wie betonte. Ihr langes schwarzes Haar fiel ihr bis auf die Hüften. Vielleicht eine Romanistin?

Er sah ihr eine Weile nach und beobachtete, wie sie einen Mann traf, der sie nach inniger Umarmung tief küsste. Ein leidenschaftliches Wiedersehen. Was mochte sie fühlen bei so viel männlicher Kraft?

„Mit wem würdest du mal ins Bett wollen?" Achims Worte holten Marc in die Runde zurück. Er sah seinen Kollegen befremdet an. Intimitäten auszubreiten lag ihm nicht und deshalb fand er, dass der Zeitpunkt zum Gehen jetzt wirklich gekommen war. Achim war nach dem fünften Kölsch hemmungslos albern. „Wie wäre es mit Angelina Jolie?"

„Oder vielleicht eher Brad Pitt?" Elena boxte Marc in die Seite. Sie hatte wohl auch schon einen zu viel getrunken oder wollte Achim gefallen, denn so kannte Marc sie nicht.

„Weder noch!", knurrte Marc genervt. Ich hatte mal einen Freund, Damian hieß der. Er hat sich mit so einem Zeug beschäftigt und hatte auch ständig neue Affären. Den bräuchtet ihr für diesen Quatsch, mich nicht."

„Ach, komm schon", versuchte Elena ihn aus der Reserve zu locken, „mit wem willst du mal schlafen? Es geht doch nur ums Träumen."

Alle sahen ihn erwartungsvoll an.

„Wie gesagt, weder noch." Marc blickte noch einmal dem Paar am Rhein hinterher, dann überlegte er. „Ich wüsste gerne, wie es sich für eine Frau anfühlt, mit einem Mann zu schlafen."

„Oha", ging es durch die Runde, aber bevor Marc Rückfragen beantworten musste, konnte er endlich zahlen. Im Gehen hörte er noch, wie Timo von einem Herzstillstand berichtete und dass die Patientin ihm nach der Reanimation erzählt hatte, sie hätte alles von oben beobachten können. Das war wirklich nicht Marcs Interessengebiet und er war froh, als er im Auto saß.

An einer roten Ampel fiel sein Blick auf ein Plakat. Das Römisch-Germanische-Museum lud zu einer Ausstellung ein. Marc drehte die Klimaanlage hoch. Es wurde grün, aber es ging nicht weiter. Feierabendverkehr in der Innenstadt. Wäre er doch direkt nach der Arbeit nach Hause gefahren. Jetzt ging es nur noch im Viertelmetertakt vorwärts. Gereizt schaute Marc sich nach Ausweichmöglichkeiten um. Im Auto neben ihm zündete eine Frau sich eine Zigarette an. Ob das wirklich entspannte? Er sah, wie sie den Rauch inhalierte und dann den Nikotinschleier nach oben blies. Er hatte nie geraucht.

Sein Blick fiel wieder auf das Ausstellungsplakat. Zwei hohle Augenpaare einer archaischen Büste starrten ins Leere. Sie erinnerten ihn an Damian. Der hatte geraucht, allerdings kein Nikotin, eher alles andere, was sich zum Berauschen eignete. Archäologie war einer der zahlreichen Studiengänge, die Damian abgebrochen hatte. Der Psychokram vorhin wäre sein Ding gewesen. Ein paar Semester hatte er auch das probiert. Marc löste seinen Blick von den hohlen Augen und verdrängte den Gedanken an den Freund aus Kindertagen.

Es ging weiter. Die Autoschlange bewegte sich zehn Meter, die Raucherin verschwand aus Marcs Blickfeld und auch das Plakat mit den hohlen Augen. Der Gedanke an Damian blieb. Marc drehte das Radio an. Er wollte nicht an Hasch und hohle Augen denken und noch weniger daran, was ihn und Damian letztendlich einander entfremdet hatte.

Der Sender brachte eine Reportage über syrische Kunstschätze, die auf den Schwarzmärkten Europas verkauft wurden. Marc schaltete ab.

Heute schien alles „Damian" zu rufen. Die Psycho-Debatte, das Archäologie-Plakat, die Genussraucherin im Nachbarauto und nun auch noch die Sendung im Radio. Er glaubte nicht an Zeichen. Damian schon.

Marc erinnerte sich an ihr letztes Gespräch, dem der Bruch gefolgt war. Damian hatte diese kleine antike Büste auf dem Tisch stehen und im Gesicht ein Lächeln gehabt, das Marc nicht gefallen hatte.

„Besser bei einem Sammler in Sicherheit als vom IS zerstört", hatte er sich verteidigt und dabei zärtlich über den Marmor gestreichelt, „im Prinzip ist das der Schutz von Kulturgütern."

„Woher hast du das?", hatte Marc in angefahren, „mit welchen Leuten lässt du dich ein und wem verkaufst du das?"

Damian hatte geschwiegen und Marc war irgendwann aufgestanden und gegangen.

Der Stau löste sich langsam auf und Marc bog am Reichensperger Platz in eine Seitenstraße, wo sich seine Wohnung befand. Als er am Justizpalast vorbeifuhr, wusste er, dass er Damian noch einmal sprechen musste. Ein letzter Versuch, ihn von seinen kriminellen Ausflügen abzuhalten. Der alten Zeiten wegen. Zu Hause angekommen, wählte Marc sofort seine Nummer.

Damians Handy war ausgeschaltet und am Festnetzanschluss meldete sich nur der Anrufbeantworter. Marc bat um Rückruf und legte sich dann auf die Couch. Eigentlich könnte er Urlaub nehmen, wenigstens die Überstunden abbummeln, dachte er und schlief ein.

Er wurde vom Klingeln des Telefons geweckt. Es war bereits dunkel, das blaue Display flackerte nervös auf der Anrichte. Marc sprang auf und stieß sich am Glastisch das Schienbein. „Mist", rief er, und lief humpelnd zum Telefon weiter. „Damian?"

„Der war auch schon eine Weile nicht mehr hier", hörte er die Stimme seiner Mutter, „dabei hat er gar nicht Bescheid gegeben, dass er verreist."

Marc massierte das schmerzende Bein. „Ach du bist es."

„Ja, ich bin es. Du hast uns wohl ganz vergessen."

„Nein, natürlich nicht. Ich hatte viel Arbeit."

Marc rieb sich die Augen und überlegte kurz. Er könnte ins Bergische Land fahren und bei seinen Eltern vorbeischauen. Bei der Gelegenheit würde er auch Damian, der gleich nebenan lebte, besuchen. Seit einiger Zeit bewohnte er wieder sein leerstehendes Elternhaus, da Mutter und Vater kurz hintereinander gestorben waren. In dieser Zeit hatten sie viel geredet. Über früher, über das Büchsentelefon, dessen Schnur sie zwischen den Fenstern ihrer Zimmer gespannt hatten, über die Mirabellen, die sie in Oma Gertruds verwildertem Obstgarten am Ende der Straße stibitzt hatten und über die verbotenen Lagerfeuer im Wald, in deren Glut sie Kartoffeln gegart hatten. Damals, als sie Nachbarskinder waren.

„Wie wäre es, wenn ich euch morgen besuche?", überraschte Marc seine Mutter, „ich wollte ohnehin mal wieder bei Damian vorbeischauen."

„Wir würden uns freuen, aber wie gesagt, Damian ist schon eine ganze Weile nicht mehr zu Hause gewesen." Marc hörte ihrer Stimme an, dass sie befürchtete, er könne den Vorschlag zurücknehmen und beruhigte sie „macht ja nichts, ich komme dann morgen."

In einer guten halben Stunde war Marc im Bergischen. Steile Weiden, wenige Menschen, schwarz gefleckte Kühe, grüne Wiesen und dazwischen schmale Bachläufe. Marc bog in die Straße seiner Kindheit. Fünf Häuser zwischen Wald und Wiese. Auf dem Weg lag eine überfahrene Ringelnatter.

Schon beim Einparken fiel Marc Damians Vorgarten auf. Das Gras war schon länger nicht gemäht worden. Er stieg aus und sah am Haus empor. Die altmodische Holzverkleidung des Obergeschosses hätte längst einen Anstrich vertragen können. Nun klammerten sich Flechten und Moose an das feuchte Holz. Damian war nur hergezogen, weil sich kein Käufer fand und eine Stadtwohnung für seinen von Abbrüchen geprägten Lebenswandel zu kostspielig war.

„Komm her mein Junge." Marcs Mutter stand schon nebenan auf der Treppe. Sie umarmte ihn und zog ihn mit sich ins Haus.

Marc saß auf der breiten Terrasse unter der rot gestreiften Markise. Der Garten verströmte den süßen Duft reifer Pfirsiche. Auf dem Tisch lag das Wachstischtuch, das er noch von früher kannte und das Burgenlandservice wartete auf den Rinderbraten mit dicker Rotweinsauce und Möhrchen. Aus dem Ofen wehte der Duft von Stachelbeerbaiser bis auf die Terrasse hinaus. Marcs Vater saß ihm gegenüber und löste das Kreuzworträtsel in der Fernsehzeitschrift. Marc musste lächeln. Es gab Dinge, die änderten sich nicht. Noch vor ein paar Jahren hatte er sich geärgert, dass sein Vater ihn nie fragte, an was er forschte oder was ihn beschäftigte. Stattdessen erzählte er die Neuigkeiten aus dem Dorf und jedes Mal wieder die Geschichte von der gewonnenen Reise in den Schwarzwald, dem Hauptgewinn des Kreuzworträtsels seines Fernsehjournals.

Seit dem Tod von Damians Eltern hatte sich das geändert. Marc ärgerte sich nicht mehr, sondern war einfach froh, dass seine Eltern noch da waren, dass jemand abhob, wenn er anrief, dass es die Wachstischdecke noch gab und dass seine Mutter wusste, dass er Stachelbeerbaiser mochte.

Nach dem Essen ging er nach oben in sein altes Zimmer. Es roch nach Kindheit, nach Playmobil spielen mit Damian und nach der Enge, die er auf einmal empfunden hatte, als er nach dem Abitur eine Banklehre im Ort machen sollte. Viele Abende hatte er mit seinen Eltern geredet, ihnen in den Ohren gelegen, dass er Medizin studieren wolle und sie schließlich überzeugt.

„Warum bist du denn kein richtiger Arzt?", fragte sein Vater immer wieder, „warum sitzt du nur im Labor?"

Marc öffnete das Fenster und setze sich in den Rahmen. Er atmete tief durch. Die Obstbaumkrone schimmerte im Sonnenlicht in silber- und dunkelgrün. Nebenan sah er das Fenster von Damians Kinderzimmer. Damian bewohnte es nicht mehr, das wusste er. Trotzdem versuchte er, etwas zu erkennen, einen Hinweis auf Damians An- oder Abwesenheit. Marc fingerte nach seinem Handy und wählte erneut Damians Nummer. Das Mobiltelefon war immer noch abgeschaltet. Wider besserem Wissen rief er nebenan an und hörte sogar das gedämpfte Klingeln bis zu sich hinauf. Er sprach erneut auf Band, dann legte er sich aufs Bett. Eigentlich wollte er nicht über Nacht bleiben, aber vielleicht kam Damian ja morgen nach Hause.

Am Sonntagabend fuhr Marc zurück in die Stadt. Er hatte Damian einen Zettel in den Briefkasten geworfen. Seine Mutter meinte, er wäre schon vier Wochen fort, und davor sei er auch schon einmal vierzehn Tage weg gewesen. Das erste Mal hätte er noch Bescheid gegeben, dass er ein paar Tage verreist sei, aber diesmal nicht. Marc fand das merkwürdig, schon aufgrund Damians unregelmäßiger Einkünfte.

„Vielleicht hat er ja Arbeit im Ausland", hatte Marcs Vater zum Abschied eingeworfen, allerdings wollte Marc genau das - vor dem Hintergrund ihres letzten Treffens - nicht hoffen.

Montag früh fuhr Marc noch einmal im Labor vorbei und übergab Achim für den Rest der Woche die Leitung. Er brauchte dringend ein paar Tage Ruhe. Je mehr er allerdings an Damian dachte, desto unruhiger wurde er.

Noch ein paar Mal versuchte er ihn zu erreichen, schließlich auch nachts. Vielleicht war Damian in ein Land mit Zeitverschiebung gereist, aber das Handy war und blieb abgeschaltet.

Reagiere ich über?, fragte Marc sich, als er längst wieder auf dem Weg ins Bergische war. Hatten er und Damian nicht einmal eine Abmachung darüber getroffen, wie viel Einmischung in einer Freundschaft angebracht war? Damian hatte sich Marcs Intervention verbeten. Zu einem Spießer wäre er geworden, schlimmer als seine Eltern. Dabei hatte Marc sich lediglich Sorgen gemacht, dass Damian sein Leben nicht in den Griff bekam. Archäologie abgebrochen, Psychologie abgebrochen und dann ein endloses Studium der Germanistik.

Marcs Eltern waren überrascht, als sein Wagen vorfuhr. „Was ist passiert?"

Marc winkte ab, „nichts hoffe ich, aber ihr habt doch einen Schlüssel von Damian, nicht wahr?"

Marcs Mutter zögerte kurz, griff dann aber in den Schlüsselkasten neben der Haustür. Wortlos folgte sie Marc nach nebenan.

Damians Haus roch nach allem, womit er sein Geld verdiente. Farbe, Lösungsmittel, Holz, Lack und Bücher. Letztere verkaufte er nicht, aber er las sich darin sein Wissen an, um diverse Führungen in Köln und Umgebung anzubieten. Auch als Hauslehrer hatte er schon gearbeitet.

Marc stand unschlüssig in der Diele. Sollte, nein, durfte er wirklich ...?

Seine Mutter war in der Haustür stehen geblieben. „Ruf doch mal."

Marc beachtete sie nicht. Er lief durch alle Räume des Erdgeschosses, dann ging er nach oben. Keine Spur von Damian. Erst seine Erleichterung machte ihm bewusst, was er befürchtet hatte und rechtfertigte sein Eindringen nachträglich.

Seine Mutter meldete sich erneut. „Das Auto ist auch weg."

Stimmt, dachte Marc und rief hinunter „ich schaue mich noch etwas um, geh ruhig wieder rüber."

Damians Haus war nie aufgeräumt. Eine länger geplante Abwesenheit ließ sich also an Ordnung oder Unordnung nicht ablesen.

Marc streifte durchs Wohnzimmer, einer Mischung aus Werkstatt und Studierzimmer. Es lag auf zwei Ebenen. Zwei Stufen führten in den Bereich, in dem Damian antike Möbel aufarbeitete oder für Leute aus der Umgebung kleine Reparaturen an Haushaltsgeräten vornahm. An den Wänden standen Regale voller Bücher, Kunstbände, Romane, Philosophisches und Fachliteratur zu sämtlichen Studiengängen, die Damian in den letzten zwanzig Jahren belegt hatte. Ein Metalldetektor verriet, dass er hin und wieder auf Münzsuche ging.

Marc schüttelte den Kopf. Alles illegal.

Auch eine Staffelei gab es, darauf ein unvollendetes Bild im Stil der Pop Art.

Auf dem Schreibtisch lag ein Stapel Bücher. Marc griff sich das Oberste. *Außerkörperlichkeitstechniken. Zehnpunkteplan für Ihren Trip.* Das war typisch Damian. Marc setzt sich auf die Tischkante und blättert uninteressiert durch die Seiten und steckte das Buch schließlich gedankenlos in sein Jackett, da er etwas viel Interessanteres entdeckt hatte. Ein neuwertiger PC stand direkt neben ihm. Marc war erstaunt. Den konnte Damian sich leisten? Das Gerät sah nicht nach einem Sonderangebot aus.

Marc startete den Computer. Wenn er schon hier war, dann wollte er wissen, ob mit Damian alles in Ordnung war. Vielleicht fand er eine E-Mail, die die lange Abwesenheit des Freundes erklärte.

Während der Computer hochfuhr, sah er sich weiter um. In einer Ecke hinter der Werkbank stehend, entdeckte er etwas, das mit einer Wolldecke verhüllt war, vielleicht einen halben Meter hoch. Mit einem unguten Gefühl näherte er sich dem Ding und lüpfte vorsichtig die Decke. Was er sah, machte ihn fassungslos.

Sie lächelte ihn an, verschmitzt fast. Marc lächelte nicht zurück. Er war schockiert. Unter langen, akkurat geschnitzten Locken präsentierte ihm die Madonna das Kind. Wie alt mochte sie sein? Er kannte sich mit Kunstschätzen nicht aus, aber so etwas stand in gotischen Kirchen rum, das wusste er. War sie überhaupt echt? Marc sah genauer hin. Reste schmutzigen Goldes und Spuren einer ursprünglichen Bemalung sprachen dafür. Zudem entstieg der Figur ein muffiger, feucht-modriger Geruch.

Wo hatte Damian die nur ausgegraben? Marc schüttelte den Kopf. Er ließ die Decke fallen und eilte zur Tür. Damit wollte er nichts zu tun haben. Schwarzmarkt, Kunsthandel. Er hatte die Nase voll.

Im Auto fiel ihm ein, dass er den Computer hochgefahren hatte. Er schwitzte, streifte das Jackett ab und stürmte zurück. Einfach alles ausmachen und nie wieder herkommen!

Aber so einfach war das nicht. Jetzt nicht mehr. Marc stand ratlos im Wohnzimmer. Er starrte auf die Staffelei, dann auf die Bücherwand. Was in Damians Leben war schiefgelaufen? So viele Talente und nichts daraus gemacht.

Marc sank in einen großen Ohrensessel. In dem hatten beide, als sie noch zusammen dort hineinpassten, jeden Dienstagabend Tom und Jerry geguckt. Damians Mutter hatte ihnen Malzbier und Schinkenschnittchen gebracht.

Wenn er nur wüsste, warum Damian aus dieser heilen Welt ausgetreten war, was ihn dazu bewegt hatten, in die Schattenwelt illegaler Machenschaften zu wechseln. Er fragte sich, ob er es hätte verhindern können. War er zu arrogant gewesen? Weil ihm selber alles leichtfiel? Weil er dachte, es sei normal, dass man durchzieht, was man begonnen hat? Hatte er zu wenig Verständnis für Damians wechselhaftes Gemüt?

„Du wirst einmal Künstler oder Philosoph", hatte ihr Klassenlehrer immer zu Damian gesagt und Marc war eifersüchtig gewesen. Nicht weil er Künstler oder Philosoph hätte werden wollen, aber weil der Lehrer es offenbar für etwas Besonderes hielt und weil es etwas war, was ihm nicht lag. Dass er selber Klassenbester in Bio und Chemie war, war nie eine Erwähnung wert gewesen.

Das leise Surren des Computers erinnerte Marc daran, warum er hier war.

Damians Posteingang war voller Werbung. Marc überflog die Betreffzeilen. Die Nachricht eines Autohauses ließ ihn stutzen.

Ihr Wagen steht zur Abholung bereit

Die Information betraf einen Pickup, der ganz offensichtlich von Damian gekauft worden war. Marc war irritiert. Erst der PC und jetzt ein großes Auto. Woher hatte Damian die finanziellen Mittel dafür? Aus dem Verkauf von Kunstschätzen?

Marc scrollte weiter und las sich durch die Benachrichtigungen. Schließlich fand er, was er suchte. Die Buchungsbestätigung einer Unterkunft in Le Mans, auf einem Gehöft, wohl etwas außerhalb der Stadt.

Frankreich? Damian war auf einem Bauernhof in Frankreich? Das hatte er nicht erwartet. Marc las sich durch die Buchungsdaten und stellte fest, dass Damian das Zimmer nur für zwei Tage gemietet hatte. Das war in Anbetracht seiner langen Abwesenheit merkwürdig. Beim Weitersuchen stellte sich überdies heraus, dass Damian dort schon einmal gewohnt hatte, allerdings für ganze zwei Wochen.

Marc überlegte. Seine Mutter hatte also Recht. Damian war zuvor schon einmal verreist und hatte das auch angekündigt. Den zweiten Frankreichaufenthalt allerdings hatte er verschwiegen und - was viel beunruhigender war – er war bis dato nicht zurückgekehrt. Schleierhaft blieb auch, wovon Damian zwischen beiden Frankreichaufenthalten ein teures Fahrzeug gekauft und wohl auch den neuen PC angeschafft hatte.

Marc betrachtete noch einmal die Madonna. Sie zeigte deutliche Schäden, die darauf schließen ließen, dass sie über einen langen Zeitraum nicht sachgemäß aufbewahrt worden war. Aus einer Kirche oder einem Museum hatte Damian sie sicher nicht. Verkauft aber ebenso wenig, weshalb die Finanzen, mit denen er seine Anschaffungen getätigt hatte, eine andere Quelle haben mussten.

Als Marc die Figur zurückstellen wollte, fiel ihm ein kleines Elfenbeinkästchen auf, das unter der Wolldecke hervorlugte. Marc öffnete den Deckel. Sein Staunen wurde immer größer. Ungläubig tastete er mit den Fingerkuppen durch ein glanzloses, unter seiner Berührung leise klirrendes Häufchen Münzen. Goldmünzen! Mindestens zwei Hände voll. Richtige alte Münzen, dunkel angelaufen, oxidiert.

Marc wusste nicht, was er denken sollte. Wie kam Damian an diese Schätze? Waren sie der Grund für sein Verschwinden? Immerhin hatte er sie nicht besonders gut versteckt. Hatte ihn jemand beobachtet, vielleicht einer seiner zweifelhaften Kunden, jemand an den er zumindest einen Teil seines Schatzes verkauft haben musste?

Marc nahm sich eine der Münzen, alles andere drapierte er so, wie er es vorgefunden hatte. Er ging in die Küche und fand zu seinem Erstaunen sofort, was er brauchte. Bürste, Natronpulver und ein Poliertuch. Alles lag an der Spüle. Damian hatte das Reinigungswerkzeug erst gar nicht aufgeräumt. Marc säuberte die Münze und war nicht überrascht, dass sie eine französische Prägung aufwies. Er hatte seine Reise nach Le Mans längst beschlossen.

Ein Tief braute über dem Norden Frankreichs einen Cocktail aus Sturm, Platzregen und Gewitter zusammen und es wurde für die Jahreszeit ungewöhnlich kühl.

Marc schaltete den Scheibenwischer auf die höchste Stufe, aber die hektisch hin und her schwingenden Wischblätter konnten die Regenmassen kaum von der Windschutzscheibe schieben. Er fuhr rechts ran und schaltete den Motor ab. Die Landstraße im Département Sarthe hatte sich in Minutenschnelle in einen Bach verwandelt. Die hohen Pappeln, die die Felder und Wiesen säumten, bogen sich unter den Sturmböen und der Wind schleuderte ein paar kleine Äste gegen die Scheibe. In der Ferne sah Marc die prächtige Kathedrale Saint Julien du Mans. Ihre Umrisse verschwammen in der Wasserflut, die die Frontscheibe hinunterglitt zu einem unsteten Bild, wie ein kurz aufflackerndes Artefakt aus einer anderen Welt.

Marc griff nach einem Büchlein auf dem Beifahrersitz. Es war gestern aus seinem Jackett gerutscht. Er musste es in Gedanken eingesteckt haben, als er Damians Wohnzimmer durchforschte.

Ach ja, dachte Marc, der Zehnpunkteplan zur Außerkörperlichkeitsreise. Er begann zu lesen. Der Sturm peitsche ums Auto und statt einer überflog er gleich fünf Seiten. Marc wunderte sich. Die Technik versprach, dass man seinen Körper willentlich verlassen und mit seinem sogenannten Astralkörper auf Erkundungstour gehen könne. Die versprochene Erfahrung nahm für sich in Anspruch, erlebte Realität zu sein, dabei las sich die Anleitung eher wie eine Autosuggestion, wie Marc fand.

Er schlug das Buch zu. Das war ja noch größerer Unfug als das luzide Träumen, das seine Kollegen so begeisterte. Schwachsinn eben. Typisch Damian.

Der Regen hatte deutlich nachgelassen und Marc startete den Motor. Er umfuhr Le Mans südlich und steuerte die Adresse des Bauernhofs an, wo Damian ein Zimmer gemietet hatte. Da das Navigationsgerät die Straße nicht kannte und die Beschilderung dürftig war, musste Marc ein paar Mal wenden bis er ein Schild entdeckte, das ihm den Weg über eine schlecht asphaltierte Straße wies.

Das Hofgut hatte seine besten Zeiten lange hinter sich. An das alte Bauernhaus aus Bruchstein schloss eine große alte Scheune aus verwittertem Holz. Unter dem Schleppdach stand ein orangefarbener, rostiger Traktor. Drum herum satt grüne Weiden und Felder, die aber nicht mehr bewirtschaftet schienen. Ein paar Hühner liefen frei über den matschigen Hof und in einem Freigehege suhlten sich zwei Schweine. Nach Urlaub auf dem Land sah das nicht aus, auch nicht nach florierender Landwirtschaft. Der Hof wirkte einsam und verwaist. Was zum Teufel wollte Damian hier? Ein Pickup war nirgends zu sehen.

Marc klopfte gegen eine angelehnte Tür, die so etwas wie der Haupteingang zu sein schien. „Hallo?"

Er bekam keine Antwort, hörte aber, wie jemand einen Stuhl rückte und sich mit schlurfendem Schritt näherte. *„Oui?"*

Ein alter Mann stand vor ihm, blinzelnd, als könne er nicht gut sehen.

Marc wusste nicht, wie er sich ohne Französisch verständlich machen könnte, in der Schule hatte er Latein gehabt.

„Ich suche Damian van Amerongen. Er hat hier ein Zimmer gemietet."

Offenbar genügte der Name, denn noch bevor er seinen Satz beenden konnte, begann der Alte ungehalten zu gestikulieren. Was er durch seine Zahnlücken nuschelte, konnte Marc zwar nicht verstehen, aber es klang nicht erfreut. Am Ende meinte er verstanden zu haben, dass Damian nicht bezahlt hatte.

Er versuchte den alten Bauern mit beschwichtigenden Gesten zu beruhigen und zog schließlich sein Portemonnaie aus der Brusttasche.

„Ich bezahle die Rechnung", Marc zückte einen Geldschein und wedelte damit durch die Luft, „sagen Sie mir einfach wie viel."

Der Mann schlurfte ins Haus zurück und winkte Marc, ihm zu folgen.

Durch eine schmale Diele ging es vorbei an einer großen gekachelten Wohnküche in den hinteren Teil des Hauses und dann über eine enge Treppe nach oben. Das Obergeschoss war zu Marcs Erstaunen freundlich tapeziert. Offenbar hatte man diesen Teil tatsächlich für Übernachtungsgäste hergerichtet. Der Gang hatte zwei Türen, die hintere wurde von dem alten Bauern geöffnet. Ein schlichtes Zimmer mit niedriger Balkendecke, großem Bett, Kommode, Kleiderschrank und geblümten Vorhängen. Verteilt im Raum lagen einige Kleidungstücke, eine Reisetasche und Bücher. Der Alte deutete auf die Sachen und begann erneut zu fluchen.

Marc verstand. Das waren Damians Sachen und der Bauer machte Zeichen, die Marc bedeuteten, dass er diese Dinge mitnehmen solle. Wahrscheinlich wollte er die Unterkunft neu vermieten. Marc verstand nur nicht, warum er den Kram nicht einfach zusammengepackt und irgendwo verwahrt hatte. Ob Damian doch immer mal wieder vorbeikam?

„Wie lange war Herr van Amerongen schon nicht mehr hier?"

„*Comment?*"

Marc sah, dass er so nicht weiterkam. Wenn er herausfinden wollte, was mit Damian los war, würde er hierbleiben müssen und auf ihn warten. Er setzte sich auf das Bett und machte eine Geste, die das Schlafen andeuten sollte. Dann zeigte er auf sich.

„Kann ich das Zimmer mieten?"

Er streckte dem Mann ein paar Geldscheine entgegen.

Der Alte grummelte irgendetwas und nahm Marc hundert Euro aus der Hand. Dann schlurfte er davon.

Marc verstand nicht, ob dies nun Damians Rückstände waren oder die Anzahlung für seinen eigenen Aufenthalt. Viel konnte das Zimmer nicht kosten, es hatte nicht einmal ein WC, nur einen Waschtisch. Marc beschloss, darauf zu warten, dass jemand vorbeikäme, der Englisch sprach. Er war ziemlich sicher, dass es diesen Jemand gab, denn Damian hatte das Zimmer im Internet gebucht. Da weder der Hof noch der Bauer den Eindruck machten, als wäre das Angebot von hier aus eingestellt worden, musste es einen jüngeren Verwandten geben, der dies für den Alten erledigt hatte.

Nachdem Marc seine Reisetasche aus dem Wagen geholt hatte, begann er Damians Sachen zu durchsuchen. Im Schrank hingen ein Cord-Jackett, eine Jeans und einmal Wechselwäsche. Damian hatte tatsächlich nur zwei Übernachtungen geplant. Marc durchsuchte das Jackett und fand eine entwertete Eintrittskarte für das *Musée Tessé* in Le Mans. Das war alles.

In der Kommode lagen Damians Haustürschlüssel und eine Packung Butterkekse. Marc schaute sich ratlos im Zimmer um. Schließlich öffnete er die Nachttischschublade und fand einen Terminplaner, der kaum Daten, aber dafür mehrere kurze, tagebuchähnliche Einträge enthielt. Vor etwa zwei Monaten begannen die Aufzeichnungen. Marc begann zu lesen.

Ich habe das Bild gefunden. Es einmal zu sehen genügt mir, ich weiß ja nun, wie ich es finden kann. Der Einstieg war einfacher als gedacht. Jetzt muss ich nur daran denken und schon schwebe ich ins Ursula-Kloster. Hamo hat alles, was er weiß mit eingebracht, jeder Pinselstrich ist Erinnerung. Alles greifbar und unfassbar nah.

Marc rätselte, was die Zeilen zu bedeuten hatten. Was meinte Damian mit Einstieg? War er irgendwo eingebrochen? Wollte er ein Gemälde stehlen? Jeder Satz gab mehr Rätsel auf, als er löste. Er blätterte eine Woche weiter und las:

Die Schwestern mussten sich sehr beeilen. Hamo muss alles mit angesehen haben, sonst könnte es nicht in dem Bild stecken. Wahrscheinlich hat er ihnen geholfen. Sicher nicht ohne Eigennutz. Verständlich. Das Zeug ist ein Vermögen wert. Jetzt muss ich es nur noch finden!

Marc konnte sich keinen Reim darauf machen, aber er befürchtete, dass das, was ein Vermögen wert war, nun unter einer Wolldecke in Damians Haus lag. Zumindest ein Teil davon. Es wurde dunkel und Marc war nach der langen Autofahrt müde. Er beschloss, die Sache fürs Erste ruhen zu lassen. Vielleicht fiel ihm nach einer Runde Schlaf mehr dazu ein.

Beim Zähneputzen erinnerte er sich an das Museumsticket in Damians Tasche. Vielleicht ging es in seinen Aufzeichnungen ja um ein Bild im hiesigen Museum. Auch von einem Kloster war die Rede. Und wer war Hamo? Gleich morgen würde er mit der Recherche beginnen.

Mitten in der Nacht schreckte Marc hoch. Der Sturm hatte das Fenster aufgestoßen. Erst wusste er nicht, wo er sich befand, Bett und Zimmer waren fremd, aber dann fiel es ihm wieder ein. Er stand auf und ging hinüber zum Fenster, durch das regenfeuchte, erdige Luft zu ihm hineinwehte. Er schloss die Läden und knipste das Licht an. Es war erst drei Uhr früh, aber die Blase drückte und so öffnete er die Tür zum Flur, um das Bad zu suchen. Irgendwo in diesem Haus musste es ja ein WC geben. Die Dielenböden waren kalt, von unten her tickte eine Wanduhr.

Er leuchtete sich mit dem Handy den Weg und fand kurz vor der Treppe ein kleines Duschbad.

Als er wieder im Bett lag, konnte er nicht mehr einschlafen. Er wälzte sich eine halbe Stunde hin und her, dann griff er entnervt nach Damians Buch. Dort las er, dass die beste Zeit für Außerkörperlichkeitserfahrungen die frühen Morgenstunden seien.

Na so was, dachte er, dann sehen wir doch mal. Wie in der Anleitung beschrieben legte er sich bequem auf den Rücken, entspannte sich von den Zehen bis zum Kopf und stellte sich dann - ganz nach Anweisung - vor, wie er seinem Körper entstieg und durch einen ihm bekannten Raum wanderte. Er wählte sein Labor. Dieses Vorgehen solle man wochenlang wiederholen, stand in dem Buch, dies führe dann dazu, dass man seinen Körper tatsächlich verlasse und sich an einen Ort seiner Wahl begeben könne, egal wie weit dieser entfernt sei. Einigen Anwendern gelinge so ein Trip auch schon nach wenigen Tagen. Marc wanderte in Gedanken bis zu seinem Mikroskop, dann schlief er ein.

Kurz nach neun erwachte er. Von draußen drang das Blöken einer Schafherde herein. Er stand auf, öffnete die Vorhänge und sah eine gewaschene Landschaft unter leuchtend blauem Himmel. Im Sonnenlicht wirkte der Hof noch ungastlicher als im Regen. Marc brach gleich auf.

Er fuhr stadteinwärts, durch öde Wohnviertel, die sich in nichts von den Mietskasernen anderer Städte unterschieden und war überrascht, im Zentrum einige sehr gut erhaltene Altstadtstraßen zu entdecken.

In einem gemütlichen Café gönnte er sich ein Frühstück mit Croissant und frisch gepresstem Orangensaft und suchte dann das Museum auf, das Damian in den letzten Wochen besucht hatte. Er schlenderte durch die Säle und Gänge, vorbei an blauer und zartgrüner Seide, sah die vergoldeten Bilderrahmen, die alles sicher in sich einschlossen: Die Tragödien und Morde, die üppigen Festmahle und nackten Brüste, die Intrigen und den Tod, aber auch die Dichter und Heroen, die Engel mit ihren gewaltigen Flügeln, deren Schlag noch fast die Luft im Saal bewegte.

Was, wenn diese schönleibigen Jünglinge den Rahmen entstiegen? Die Musikanten, Faune und Heiligen? Gäbe es dann eine bessere Welt?

Oder was, wenn man zu ihnen hineinsteigen könnte, in eine ideale Sphäre?

Marc gelangte zu einer Skulptur. Sie stand zum Anfassen nah im Raum und doch trennte ihr Wert ihn von der Berührung. Ein marmorglatter Männerkörper in den scharfen Pranken einer Sphinx, einer luziferischen Chimäre. *Le Baiser Suprême* titelte das Gedicht, das in den Sockel eingemeißelt war. Was für ein grausamer Kuss!

Wer mochte Damian verführt haben? Was hatte ihn zum Kunsträuber gemacht? War es ein Kick für ihn, das Höchste? Marc suchte nach dem Bild, das Damian in seinen Aufzeichnungen gemeint haben könnte. Doch hier hingen so viele und er wurde der mannigfachen Farben und Formen, Stile und Eindrücke bald müde. Er schritt durch eine Gewölbehalle nach draußen. Hier stand sie noch einmal, die Chimäre mit ihrer Beute, als überlebensgroße Bronzereplik. Sie schien die Passanten dazu einzuladen, die Ausstellungsräume zu betreten und gleichzeitig davor zu warnen: Weil die Kunst einen schließlich packen kann.

Ziellos schlenderte er durch eine Parkanlage, die sich unterhalb des Museums erstreckte und rätselte, was es mit Damians merkwürdigen Aufzeichnungen auf sich haben könnte. Schließlich war es unmöglich einfach in die Museumsräume einzusteigen und ein Bild zu entwenden. Damian musste mit *Einstieg* etwas Anderes gemeint haben. Auch die Erwähnung eines Klosters und die Bedeutung der Schwestern, die es mit etwas sehr eilig hatten, blieb unklar. Er spazierte weiter, vorbei an blühenden Sträuchern und Beeten, gefangen in seinen Grübeleien. Ab und an riss eine besonders intensive Farbe oder ein betörender Duft ihn aus seinen Gedanken und einen Moment lang ärgerte er sich, dass er seinen Urlaub nicht am Meer verbrachte. Er hätte nach den arbeitsreichen Wochen Erholung gebrauchen können und wünschte sich an einen Strand, wo

Gischt und Meeresbrise seine Haut erfrischten. Doch wie hätte er Damians Verschwinden ignorieren können?

Vor einem Teich mit Fontäne blieb er stehen, schloss die Augen und hielt das Gesicht in die Sonne. Wie, als hätte der Wind seinen Wunsch verstanden, fegte er durch die Wassersäule und wehte ihm einen feinen Sprühnebel ins Gesicht. Marc hob seinen Blick und beobachtete, wie sich die Fontäne unter berstendem Druck emporhob und, als ihr die Kraft ausging, schäumend in den Teich zurück stürzte, um von Neuem hinaus geschleudert zu werden.

Damian hatte seine Gottesvorstellung oft mit dem Bild einer Wasserfontäne beschrieben. Das Wasser sei Gott und die für kurze Zeit abgespaltene Fontäne in ihrer berstenden Gestalt aus Perlen und Kaskaden die Geschöpfe. Die Weiten des Wassers seien endlos und ewig, die Fontäne aber würde vergehen und wieder eintauchen in den Quell ihrer Herkunft.

Ein Tropfen landete nun vor Marcs Füßen und verdunstete in der Mittagshitze. Hatte Damian das in seiner Philosophie berücksichtigt? Das Verfehlen der Quelle, das Vergehens eines Tropfens im Licht?

Mit diesen Gedanken schlenderte er weiter, bis er den Parkplatz erreichte. Dort bemerkte er einen Pickup mit deutschem Nummernschild. Er war nicht sicher, ob der Wagen schon vorhin dort gestanden hatte, aber wahrscheinlich schon. Auf dem Autodach lagen einige abgebrochene Zweige, die wohl gestern bei dem Sturm niedergegangen waren. Er näherte sich dem Fahrzeug. Es war nicht leicht, durch die getönten Scheiben etwas zu erkennen und Marc legte die Hand an die Stirn, während er das Gesicht an die Scheibe presste. Auf dem Beifahrersitz lag eine angetrunkene Flasche Cola, auf der Rückbank ein Kleidungsstück. Er erkannte darin seine alte Funktionsjacke, die er Damian geschenkt hatte, da er seine Outdoor-Aktivitäten wegen der vielen Arbeit immer mehr vernachlässigen musste. Marcs Puls schlug zwei Takte schneller. Die Jacke war das eindeutige Indiz dafür, dass der Wagen Damian gehörte. Suchend ließ er seinen Blick über die Allee und den Parkplatz schweifen. Gegenüber lag eine Häuserreihe. Zweigeschossigen Altbauten, teilweise modernisiert und gepflegt, bei anderen blätterte der Putz ab. Wo war Damian? War er von hier aus ins Museum gegangen und nicht mehr zurückgekehrt? In seinem Tagebuch stand, dass es ihm genügt habe, das Bild, von dem Marc noch immer nicht wusste, welches es war, einmal gesehen zu haben.

Vielleicht sollte er nicht hier, sondern in dem Ursulinen-Kloster suchen, von dem Damian in seinen Aufzeichnungen gesprochen hatte.

Die Dame an der Touristen Information lächelte. In gutem Englisch erklärte sie Marc, dass er sich genau an dem Ort befinde, den er suche. Das *office de tourisme* sei in den Überresten des Klosters untergebracht.

Marc war irritiert. Er sah sich in dem modernen, lichtdurchfluteten Glasbau um. Grellgelbe Regale präsentierten Geschenkartikel, Bücher und Süßigkeiten. „Wo sind die Schwestern?", fragte er. Der Gebäudekomplex machte nicht den Eindruck, als fände hier religiöses Leben statt und tatsächlich lachte die Hostess laut. „Da komme Sie aber sehr zu spät, *Monsieur*. Das Kloster ist vor 200 Jahren abgebrannt."

Marc konnte sich nicht entsinnen, wie Damians Aufzeichnungen lauteten und er ärgerte sich, dass er das Notizbüchlein im Zimmer gelassen hatte. Er würde auf den Hof zurückmüssen.

Da er nicht vorhatte, später noch einmal in die Stadt zu fahren, aß er schnell noch eine Suppe. Für eine ausgiebige Mahlzeit hatte er nicht die Ruhe. Es zog ihn zu Damians Notizen.

Wieder in seinem Zimmer, legte er sich aufs Bett und blätterte durch das Büchlein. Von einem Hamo war die Rede, jemandem, der *alles* gesehen hatte und dessen *Pinselstrich pure Erinnerung* sei. Die *Schwestern* mussten sich bei etwas *sehr beeilen*. Marc überlegte: Wenn das Kloster 200 Jahren zuvor abgebrannt war, musste das Gemälde, um das es ging, mindestens genauso alt sein.

Er würde gleich am nächsten Morgen noch einmal das Museum aufsuchen und nach einem Bild suchen, das ein gewisser Hamo gemalt hatte und auf dem Klosterschwestern zu sehen waren.

Vielleicht gab ihm das Gemälde die zündende Idee für Damians Verbleib.

Die Nacht verbrachte er unruhig. In den frühen Morgenstunden - es war noch dunkel - wachte er auf. Ein Hund bellte und eine Autotür wurde zugeschlagen. Marc sprang zum Fenster und sah die Lichtkegel zweier Scheinwerfer, viel zu nah am Boden, um zu einem Pickup zu gehören.

Hatte er wirklich erwartet, dass Damian hier mitten in der Nacht auftauchen würde, nachdem er sein Quartier wochenlang nicht besucht hatte? Der kleine Wagen entfernte sich und Marc starrte in die Dunkelheit.

Die Umrisse einer großen Pappel erschienen ihm wie der Schatten eines Riesen, der beim Gehen hin und her schwankte und drohte, ihn unter seinen Füßen zu zermahlen.

Marcs Riese war die plötzliche Gewissheit, dass Damian etwas zugestoßen sein musste. Welchen anderen Grund sollte es dafür geben, seinen Haustürschlüssel zurücklassen, nicht zu bezahlen und spurlos zu verschwinden? Er ließ sich wieder auf das Bett sinken und vergrub den Kopf in den Händen. Schlafen konnte er nicht mehr. Seine Gedanken kreisten unaufhörlich um Damians merkwürdige Notizen. Welche Schwestern konnte er in seinen Aufzeichnungen gemeint haben, wenn das Kloster doch vor zweihundert Jahren abgebrannt war? Vielleicht waren gar keine Ordensschwestern gemeint. Aber alles Grübeln brachte ihn nicht weiter, er musste sich gedulden und abwarten, ob er ein

Gemälde fand, das Licht in Damians Aufzeichnungen brachte.

Bis zur Öffnung des Museums dauerte es allerdings noch Stunden, daher beschloss er, wenn er schon nicht schlafen konnte, sich mit den Außerkörperlichkeitsübungen abzulenken. Er positionierte sich wie beim ersten Mal, stellte sich vor, seinen Körper zu verlassen und wanderte in Gedanken durch sein Labor. Wie geheißen betrachtete er jedes Detail: Die Box mit den Objektträgern, die Pipetten und Petrischalen. Er hörte seine Schuhe beim Gehen über den Linoleumboden quietschten und ging zum Inkubator hinüber. Dieses Mal schlief er zwar nicht wieder ein, aber es passierte auch nichts.

Frustriert griff er nach dem Buch und las, da er selber schon nichts erlebt hatte, einen Erfahrungsbericht. Die Person schilderte, wie sie aus ihrem Bett aufgestanden sei, ohne zu bemerken, dass sie ihren Körper verlassen hatte. Sie habe dies erst bemerkt, als sie eine verschlossene Tür passierte und aus der Unmöglichkeit dieses Umstands geschlossen, dass etwas anders als im normalen Alltagsbewusstsein war. In Folge konnte sie mit ihrem Geistkörper allein durch die Gedanken an einen bestimmten Ort dorthin schweben.

Das Wort „schweben", erinnerte Marc an Damians Aufzeichnungen.

Er kramte nach dem Tagebuch und las nochmals den rätselhaften Eintrag:

Ich habe das Bild gefunden. Es einmal zu sehen genügt mir, ich weiß ja nun, wie ich es finden kann. Der Einstieg war einfacher als gedacht. Jetzt muss ich nur daran denken und schon schwebe ich ins Kloster.

Meinte Damian mit Schweben vielleicht das Erleben einer extrakorporalen Erfahrung? Marc rieb sich die Augen. War es die Müdigkeit, die ihn nach dieser schlaflosen Nacht den ganzen Unsinn glauben ließ? Die Sonne warf ihre ersten Strahlen in einem breiten Fächer durch die Lamellen der Fensterläden. Mit einem Ruck schwang er sich aus dem Bett und kühlte seine schweren Lider mit kaltem Wasser. „Außerkörperlichkeit", murmelte er vor sich hin und sah in den Spiegel, aus dem ihm sein spöttischer Blick begegnete, „kann man bei solchen Experimenten verschwinden?"

Verwirrt von seiner Idee zog er sich an. Es war zwar noch zu früh, um ins Museum zu gehen, aber er war unruhig und hielt es nicht im Zimmer aus.

Er fuhr stadteinwärts und fand am Rande der Altstadt ein einladendes Bistrot, wo er einen Kaffee trank.

Anschließend schlenderte er entlang der gallo-römischen Stadtmauer, die die letzten Geheimnisse des Ortes behütend umschlang. Auf den Rundtürmen aus rosafarbenem Sandstein entdeckte Marc seltsame Verzierungen. Pfeile, Blumen und Rauten. War das eine geheime Sprache, in denen die Türme Buch über das Kommen und Gehen der Dinge führten? War Damian ebenfalls hier entlang spaziert? Hatten die Türme ihn gesehen und wussten wohin er verschwunden war? Marc fuhr mit den

Fingern über die Muster. Für einen Augenblick fand er es ungerecht, dass von Menschen geschaffene Dinge die Zeit überdauerten, während ihre Schöpfer starben.

Damian hätte ihm jetzt sicher geantwortet, dass Bewusstsein unsterblich wäre, dass es sich nach dem Exodus mit allem Bewusstsein verbinde und somit die Dinge sehr wohl überdauerte, aber Marc hatte für derartige Philosophien nie etwas übriggehabt.

Durch eine Lücke in der Mauer betrat er die Altstadt. Die Glocken von Saint Julien schlugen endlich zehn und Marc begab sich zum Museum.

Diesmal wollte er gezielt suchen und steuerte die Saalaufsicht an.

Allein, dass die junge Frau Deutsch sprach, beflügelte ihn. Er suche ein Bild, erklärte er ihr, ein Gemälde, das das abgebrannte Ursulinenkloster zeige und von einem gewissen Hamo gemalt worden sei.

Die Frau, offenbar eine Studentin, sah ihn verwirrt an. „Sie sind nun schon der Zweite, der sich für ein völlig unbekanntes, nichtssagendes und qualitativ geringwertiges Bild interessiert."

Marcs Aufmerksamkeit erhöhte sich schlagartig. Er schien auf der richtigen Spur zu sein. „Es hat schon einmal jemand danach gefragt?"

Die Frau nickte „Ein Herr wollte wissen, ob es ein Bild gibt, das das alte Ursulinen Kloster darstellt. Es hängt im Depot."

„Und wie komme ich dorthin?", fragte Marc, dem nicht sofort klar war, was das bedeutete.

„Sie müssten eine schriftliche Anfrage an die Museumsleitung richten, in der Sie Ihr Anliegen schildern. Handelt es sich um eine wissenschaftliche Arbeit, oder schreiben Sie für eine Fachzeitschrift?"

Marc stöhnte. „Ach bitte, ich möchte doch nur…"

Das Gespräch wurde von einem lauten Pieps-Ton unterbrochen. Die junge Frau wandte sich kurz ab, um einen Besucher darauf hinzuweisen, dass er nicht zu nah an die Objekte herantreten dürfe. Zurück bei Marc, hob sie bedauernd die Hände. „Ich habe wirklich keinen Einfluss darauf."

Marc überlegte kurz. Er wollte nicht aufgeben. Damian war sicher nicht der Typ, der sich mit höflichen Anschreiben aufgehalten hatte.

„Können Sie mir wenigstens einen Tipp geben, wie ich das auch ohne lange Briefwechsel hinbekomme? Ich bin nur ein paar Tage vor Ort", er sah die Frau flehend an, „wie hat der andere Herr es denn angestellt, ins Depot zu dürfen?"

„Nun, der Mann war ein bisschen speziell", entfuhr es ihr, empörter als wohl beabsichtigt, denn gleich drauf senkte sie ihre Stimme, „sagen wir, er war ein hartnäckiger Typ und hat den ganzen Vormittag das Büro des Kurators belagert."

Marc fuhr sich durchs Haar. Der Kurator hatte also das Sagen.

„Meinen Sie, es gibt einen günstigen Zeitpunkt, zu dem ich es auch einmal probieren könnte? Es ist eine Sache von großer Wichtigkeit und ich kann unmöglich auf eine schriftliche Antwort warten."

Die Frau knetete die Finger. „Nun, um elf Uhr macht er manchmal eine Runde durch die Galerie. Aber sagen Sie nicht, dass Sie das von mir wissen." Mit einer leichten Kopfbewegung wies sie Marc die Richtung zum Verwaltungstrakt.

Kurz nach elf kam tatsächlich ein Mann die Stufen herab.

Marc ergriff seine Chance. „Sind Sie der Kurator?"

„Kommt darauf an", sagte er mit einem prüfenden Blick auf seine Armbanduhr, „sind wir verabredet?"

„Bedauerlicherweise nein", Marc holte tief Luft, „es geht um ein Bild von einem gewissen Hamo. Es soll im Depot hängen."

Der gerade noch eilig wirkende Kurator schien nun neugierig zu werden und bat Marc in sein Büro. „Jetzt bin ich aber gespannt. Vor kurzem war schon einmal jemand hier, der nach dem Gemälde dieses unbekannten Malers gefragt hat."

Marc erklärte, dass es sich um seinen Freund gehandelt habe und dass auch er das Bild gerne sehen würde.

„Ja, aber warum?", der Mann sah ihn prüfend an, redete aber sofort weiter, „ihr Freund ist schon ein merkwürdiger Typ, wenn ich das so sagen darf...", Marc lächelte wissend, und der Kurator fuhr fort: „Es musste unbedingt ein Bild sein, das um die Revolution herum gemalt worden ist. Er sei da einer ganz großen Sache auf der Spur. Weil er so enthusiastisch wirkte, ließ ich ihn ins Depot. Unsere Volontärin hat mit ihm den halben Tag die Verzeichnisse durchsucht und nach einem Gemälde gesucht, wohlgemerkt nach *irgendeinem* Gemälde, Hauptsache Motiv und Epoche stimmen."

Marcs Verwunderung wurde immer größer. Er wollte das Bild nun endlich sehen und bat den Kurator, auch bei ihm eine Ausnahme zu machen und ihm das Gemälde zu zeigen.

„Also gut", willigte er ein und führte seinen Besucher ins Untergeschoss. Am Ende eines langen Ganges erreichten sie eine schwere Sicherheitstür, durch die sie das Depot betraten. An metallenen Rollwänden hingen hier jene Exponate, die in den Ausstellungsräumen keinen Platz fanden oder, wie in diesem Fall, nicht die Qualität besaßen, ausgestellt zu werden.

Der Kurator zog eine der Rollwände heraus und deutete auf ein Ölgemälde in einem schlichten schwarzen Holzrahmen. „Hier ist es. Der Maler heißt Hamo Dagny und offen gestanden, habe ich nie von ihm gehört – bis ihr Freund es im Werkverzeichnis fand. Das Bild muss vor meine Zeit in die Sammlung gekommen sein und hat bisher keine Beachtung gefunden. Auch sind keine weiteren Bilder von diesem Maler bekannt."

Das Gemälde zeigte auf gerade mal der Größe einer Röntgenaufnahme tatsächlich das alte Ursulinen Kloster. Ein barocker Bau mit vielen Fenstern und einer Holzpforte. Nonnen waren nicht zu sehen. Außer einem dramatischen Nachthimmel, der seine Wirkung aus dem Kontrast von dunklem Dunst vor metallisch weißen Wolken mit einem Hauch rosé bezog, fiel Marc nichts Besonderes auf. Unten links befand sich die Signatur mit der Jahreszahl 1790.

Der Kurator sah Marc erwartungsvoll an. „Und, was denken Sie, warum ist Ihr Freund so angetan von diesem – sagen wir – mittelmäßigen Bild?"

Marc starrte auf das Gemälde. Als Mediziner hatte er wirklich keine Ahnung, was ein Bild wertvoll machte, wenn nicht das Motiv ein gewisses Gefallen beim Betrachter bewirkte oder es sehr alt war. Dieses Bild war weder besonders schön, noch besonders alt und vielleicht gerade wertvoll genug hier aufbewahrt zu werden, weil es irgendwie als Antiquität einzustufen war und einen lokalen Bezug aufwies. Etwas Anderes schien auch der Kurator nicht zu denken.

Marc trat näher an das Gemälde heran. „Ich wüsste auch gerne, was Damian in diesem Bild gesehen hat. Darf ich es abnehmen und es mir einmal genau ansehen?"

Der Kurator zögerte zunächst, aber dann stimmte er zu. „Es ist ja kein Jaques-Louis David", grinste er.

Marc hielt das Gemälde mit beiden Händen. Er suchte nach etwas, was auffiel, vielleicht einer sehr kleinen, schwer zu entdeckenden Inschrift oder einem Zeichen. Doch das Einzige, was außer dem aufwühlend gestalteten Himmel ins Auge fiel, war eines der Fenster, das von einer Kerze hell erleuchtet wurde. *Jeder Pinselstrich gemalte Erinnerung.* Das war es, was Damian zu diesem Bild notiert hatte. Marc schüttelte den Kopf. „Ich habe keine Idee. Hat Herr van Amerongen denn nicht gesagt, warum er nach diesem Gemälde sucht?"

„Nein, aber warum fragen wir ihn nicht?", der Kurator sah Marc forschend an, „wenn er doch Ihr Freund ist?"

Marc holte tief Luft. „Die Sache ist merkwürdig. Herr van Amerongen ist verschwunden. Alles, was ich weiß, ist, dass er zuletzt hier in Le Mans war und sich dieses Bild angesehen hat."

Der Kurator wirkte überrascht. „Oh, das ist in der Tat kurios. Und Sie vermuten, es hat etwas mit dem Gemälde zu tun?"

Marc dachte an die Madonnen-Skulptur und die alten französischen Münzen. Zögernd holte er das Geldstück hervor, das er in Damians Haus gefunden hatte. „Sie erwähnten doch, Herr van Amerongen sei einer großen Sache auf der Spur. Könnte das im Zusammenhang mit dieser Münze stehen?"

Der Kurator nahm das Geldstück und betrachtete es interessiert. Dann sah er wieder auf das Bild. Hinter seiner Stirn arbeitete es sichtlich, ein paar Mal wanderte sein Blick zwischen Münze und Klosteransicht hin und her.

„Nun", antwortete er, „vielleicht hat Ihr Freund den Ursulinen-Schatz entdeckt", er lachte, als würde er das Gesagte selbst nicht ernst nehmen, „dann hätte er Münzen und Objekte von Millionenwert gefunden und sein Verschwinden wäre erklärt", dabei machte er mit der Hand ein Zeichen, das eine Flugreise andeuten sollte, „aber dann hätte Herr van Amerongen nicht nur viel Geld, sondern auch ein großes Problem."

Marc rieb sich das Kinn. Was der Kurator eher scherzhaft dahingesagt hatte, schien ihm in Anbetracht der Umstände gar nicht abwegig. Hatte Damian sich mit einem Schatz einfach abgesetzt?

Der Mann gab ihm die Münze zurück und lächelte entschuldigend. „Ihr Freund kann sie auch bei einem Münzhändler erstanden haben. Numismatik ist nicht mein Fachgebiet, da müssten Sie einmal meinen Kollegen fragen, ob …"

Marc unterbrach ihn, „nein, nein, vielleicht ein anderes Mal."

Er überlegte, wie er vom Thema ablenken konnte, denn wenn die Münze tatsächlich aus dem Schatz stammte, wollte er Damian, falls er noch lebte, nicht in noch mehr Schwierigkeiten bringen als er dann ohnehin schon wäre.

„Könnte ich vielleicht mit der Volontärin sprechen? Vielleicht hat Herr van Amerongen ihr gegenüber etwas erwähnt, das Licht in die Sache bringen könnte."

Einige Minuten später erschien die wissenschaftliche Mitarbeiterin, und der Kurator verabschiedete sich. „Berichten Sie mir doch, wenn Sie Ihren Freund gefunden haben und mehr über sein Interesse an dem Bild wissen. Ich bin nun wirklich neugierig geworden."

Marc nickte und sah dem Mann nachdenklich hinterher. Dann wand er sich an die Volontärin, aber die konnte sich an keine konkrete Äußerung von Damian erinnern. Sie berichtete nur, Damian habe sehr lange vor dem Bild gestanden, so als wolle er sich jede Einzelheit einprägen. Abgehängt habe er das Gemälde nicht und auch kein Interesse gezeigt, es zu berühren. Marc übergab das Werk der Frau, die es zurück an die Rollwand hängte.

„Darf ich mir das Bild noch eine Weile ansehen?", fragte er und folgte damit mehr einem Instinkt als wirklichem Interesse an der Darstellung, denn obwohl es ihm selber albern erschien, konnte er die Frage, ob Damian mit seinen merkwürdigen Aufzeichnungen nicht doch eine Außerkörperlichkeitsreise beschrieben hatte, nicht aus dem Kopf kriegen. Hatte sein Freund sich diese belanglose Darstellung so genau einprägen wollen, um die Übungen vom Zehnpunkteplan für extrakorporale Ausflüge an diesem Bild zu exerzieren? Damian hatte schließlich erwähnt, dass das einmalige Betrachten des Gemäldes ihm genügt hätte - für was auch immer. Ein geplanter Raub konnte jedenfalls nicht der Grund gewesen sein. Erstens befand sich das Bild sicher verschlossen im Depot des Museums und zweitens wäre ein Diebstahl in Anbetracht des geringen Wertes des Gemäldes auch kaum lohnenswert, wie Marc nun wusste.

Er musste wieder an die Schwestern in Damians Aufzeichnungen denken. Auf dem Gemälde waren keine Nonnen zu sehen. Könnte er damit vielleicht ganz andere Geschwister gemeint haben?

„Haben Sie eine Schwester?", fragte er die Volontärin, weil ihm nichts Besseres einfiel.

„Nein", antwortete sie verblüfft, „zwei Brüder. Warum?"

„Ach nur so", winkte Marc schief lächelnd ab und sog noch einmal jede Einzelheit des Bildes in sich auf, bevor die Frau die Wand zurückschob.

Erst jetzt fiel ihm auf, dass sie mit dem kurzen Rock, einem süßen Po darin und der schlanken Taille attraktiv war. Kastanienrotes Haar fiel ihr über die Schultern und auf der weißen Haut schimmerten zarte Sommersprossen unter einem dezenten Make-up. Um den Kragen der hochgeschlossenen, engen Bluse trug sie eine bordeauxrote Samtschleife. Eine Provokation, fand Marc, sich hochgeschlossen zu kleiden, aber so eng, dass sich die Brüste deutlich abzeichneten. Einen Moment hatte er wohl zu lange dorthin gestarrt, denn um ihren Mund zuckte ein Grinsen. Marc fühlte sich ertappt. Blöde Kuh, dachte er. Da haben wir es. Ansprechend gekleidet, mit Sicherheit nicht dumm, aber arrogant. Er überlegte, ob er Sylvia nicht so eine Bluse mitbringen und sie einfach einmal allein, ohne die Clique, zum Essen treffen sollte.

Mademoiselle führte ihn durch den langen Korridor zum Ausgang. Dort drehte sie sich unvermittelt um und sah ihm direkt in die Augen. „Warum möchten Sie wissen, ob ich eine Schwester habe?", fragte sie mit ihrem bezaubernden französischen Akzent, „gefalle ich Ihnen nicht?"

Jetzt musste Marc grinsen und er versuchte erst gar nicht, es zu unterdrücken.

Gegen halb eins saßen er und Marie Leconte in einem kleinen Café mit Blick auf das Museum. Es roch nach *Tarte aux Pommes*. Marc lehnte seinen Kopf zurück an die rote, samtweich gepolsterte Rücklehne der Bank. Das gepflegte Gemurmel der Kaffeehaus-Besucher wirkte hypnotisch und das monotone Surren des Ventilators über ihm hätte ihn sicher eingeschläfert, wenn nicht diese entzückende Französin ihm gegenüber gesessen hätte.

Marie nippte an einem Café au lait. „Er ist zu heiß", sagte sie und blies mit entzückend gespitzten Lippen in den Milchschaum.

Marc lauschte verzückt dem Akzent und hatte einen Augenblick vergessen, warum er sie auf einen Kaffee gebeten hatte.

„Sie wollten etwas über den Ursulinen-Schatz wissen?"

„Ja richtig", er sammelte sich, „Ihr Chef machte so eine Andeutung. Können Sie mir mehr darüber erzählen?"

Sie stellte ihre Tasse ab. „Es ist so eine Legende hier, wissen Sie", sie verdrehte die Augen, „während der Französischen

Revolution sollen die Schwestern des Ursulinenklosters einen Schatz eingemauert haben, um ihn vor den Truppen zu verstecken. Irgendwo unterhalb des alten Klosters, in einem unterirdischen Tunnelsystem."

Marc horchte auf. Da waren sie wieder, *die Schwestern*. Also doch Nonnen!

Marie aß ein Stück von ihrem Apfelkuchen und fuhr dann fort, „diese Gänge existieren wohl noch, aber es gibt keinen Zugang mehr, seit das Kloster 1818 abgebrannt ist und man das Gelände, auf dem es stand, eingeebnet hat."

Marc rieb sich nachdenklich das Kinn. War Damian wirklich auf der Suche nach dem Schatz und hatte sich von einem Bild aus der Zeit der Revolution, beziehungsweise von einer Darstellung des Klosters, einen Hinweis auf den Ort des Verstecks erhofft? Er sah Marie zweifelnd an. „Halten Sie diese Geschichte denn für wahr?"

Marie trank endlich von ihrem Kaffee und überlegte. „In der Schule haben wir gelernt, dass es in den Chroniken einen Hinweis auf den Schatz gibt. Fünf Eichenkisten voll Gold und Silber sollen darunter sein. Mehr weiß ich nicht." Sie lächelte. „Ich interessiere mich mehr für greifbare Schätze, zum Beispiel die in unserem Museum."

Die halbe Stunde Mittagspause war vorbei und Mademoiselle Leconte verabschiedete sich. Sie gab Marc ihre Handynummer, falls ihm noch etwas einfallen sollte.

Marc fiel noch eine ganze Menge ein, das wusste er schon jetzt, aber welchen Sinn machte es, etwas mit einer Frau anzufangen, die fast tausend Kilometer von Köln entfernt wohnte? Er war kein Typ für flüchtige Affären, da war er ganz rational und erlaubte sich keine Affekte. Er sah ihr nach, bis sie im Museum verschwunden war. Schade, dachte er.

Er beschloss, noch einmal nach dem Pick-up zu sehen. Der Wagen stand noch auf dem Parkplatz an der Allee und glühte in der flirrenden Mittagshitze. Der Asphalt roch nach weichem Teer.

Hatte sein Freund tatsächlich einen sagenhaften Schatz gefunden und diesen Pickup besorgt, um die besagten Eichenkisten abtransportieren zu können? Marc sah sich suchend um. Gab es hier in der Nähe einen Zugang zu dem Tunnelsystem und Damian hatte ihn gefunden? Das schien eher abwegig. Es gab lediglich den Parkplatz, auf dem er stand und die mit Häusern gesäumte Straße. Doch dann fiel ihm die Grünanlage ein, die sich zwischen Museum und Parkplatz erstreckte. Vielleicht fand er dort einen Hinweis.

Etwa eine halbe Stunde fahndete er erfolglos nach losen Gully-Deckeln, verdächtigen Erdhaufen, schlug sich durch Gebüsche und ertrug die irritierten Blicke der Passanten.

„Alles sinnloser Schwachsinn", schimpfte er mit sich selbst und ging zu seinem Wagen zurück.

Vor einem der Häuser auf der gegenüberliegenden Straßenseite fegte eine Frau den Weg und sah interessiert zu ihm hinüber. Fast schien es Marc, als kehre sie die Straße nur, weil sie zuvor beobachtet hatte, dass Marc um den Pick-up geschlichen war. Sie sah nicht aus, als hätte sie heute ihren Putztag. Ein cremefarbenes Kostüm, hohe Absätze und eine elegante Sonnenbrille, mit der sie ihr blondes Haar aus der Stirn gestreift hatte, ließen eher daran denken, dass sie zum Mittagessen in einem schicken Restaurant verabredet war.

Marc fühlte sich unwohl und entzog sich ihrem Blick, hinein in sein Auto. Er war nach der unruhigen Nacht so müde, dass er beschloss, zum Hof zurück zu fahren und sich aufs Ohr zu legen.

In seinem Zimmer ließ er sich erschöpft aufs Bett fallen und starrte an die Decke, leer aller Gedanken. Fast wäre er eingeschlafen, aber dann fiel ihm sein Trainingsprogramm zum Verlassen des Körpers ein. Vielleicht war dies das Einzige, was er machen konnte, um Damians Weg zu verfolgen, und so begann er mit der Übung.

Er konzentrierte sich auf die Füße, nahm wahr, wie die Fersen kleine Kuhlen in die Matratze drückten, erspürte dann Waden, Oberschenkel, seinen Rücken und schließlich den ganzen Körper. Er fühlte der Schwere nach und beobachtete seinen Atem, bis er tief und gleichmäßig war. Normalerweise wäre dies der Zeitpunkt gewesen, in dem er sich dem Schlaf überlassen hätte, aber er widerstand der Versuchung und hielt seine Gedanken in Bewegung, indem er im Geiste durch sein Labor schritt.

Er wusste nicht, wann er das Gefühl für seinen Körper verlor und dieses merkwürdige Summen begann, das durch seinen Kopf surrte. Auch konnte er nicht sagen, ob er tatsächlich wach war oder träumte. Der Summton breitete sich in seinem ganzen Kopf aus und schwoll zu einem intensiven Vibrieren an, das schließlich Stück für Stück den gesamten Körper erfasste. Irritiert beobachtete er, was mit ihm geschah. War das der Auftakt zur Außerkörperlichkeit?

Der Gedanke verursachte eine jähe geistige Erregung und gleichzeitig wunderte er sich darüber, wie entspannt sein Körper blieb, so als gehörte er nicht zu ihm, als wären er nicht Teil seines Erlebens. Marc fühlte sich sediert und doch waren seine Gedanken klar.

Noch während er sich über seinen Zustand wunderte, wandelte sich das Vibrieren in ein dumpfes Dröhnen. Es war beängstigend laut, schien aber nicht von außen zu kommen, nicht in seinem Zimmer zu sein, sondern im inneren seines Geistes. So etwas hatte er noch nie erlebt und es beunruhigte ihn. Hier ging etwas vor sich, das er nicht hätte beschreiben können. Es war eine Erregung, die sich nicht auf körperlicher Ebene abspielte, die er auch als Arzt nicht hätte messen können, weder mit einem Blutdruckmessgerät, noch durch das Zählen des Pulses, denn sein Atem war tief und ruhig, seine Muskeln entspannt und sein Herzschlag langsam.

Beklommen und neugierig zugleich wartete er darauf, was als nächstes geschehen würde.

Ein lauter Knall erschreckte ihn. War er verletzt worden?

Ängstlich wartete er auf den Schmerz, aber er spürte nichts, sondern fühlte sich mit einem Mal tatsächlich körperlos. Irritiert stellte er fest, dass es ganz still geworden war. Das Dröhnen hatte aufgehört.

Er rätselte, was geschehen war, lauschte in die Stille und wurde sofort vom nächsten Ereignis überrascht. Ein Ziehen in der Scheitelregion bewegte sein Bewusstsein hinaus aus dem Gehirn, so als würde seine Persönlichkeit wie durch eine Öffnung, die sich auf der Höhe des Scheitels befand, hinausgezogen. Erstaunt bemerkte er, dass sich seine Wahrnehmung hinein in die Wand verlagerte, in die Mauer, an die das Kopfende seines Bettes stieß - ja er lag *in* der Wand!

Er öffnete die Augen, ohne die Lider zu heben, sah die inneren Schichten der Mauer: Die Struktur des Mörtels, der die Steine zusammenhielt, den Querschnitt der Putzschichten und sogar den millimeterdünnen Aufbau der Tapete.

So ist das also, wenn man seinen Körper verlässt, dachte Marc voller Verwunderung. Er fühlte sich federleicht, geradezu schwerelos. Gleichzeitig fragte er sich, ob er nun in der Wand festhing, oder ob er sich nicht auch von hier fortbewegen konnte, heraus aus der Mauer. Zu seinem Erstaunen stellte er fest, dass allein dieser Gedanke genügte, um die Wand augenblicklich zu verlassen. Er schwebte nach oben und sah sich von dort aus in seinem Bett liegen. Ein merkwürdiger Anblick. War das wirklich *er* da unten? Der Mann in seinem Bett wirkte fremd. Marc betrachtete ihn befremdet, konnte sich aber nicht gegen die innere Gewissheit wehren, dass es tatsächlich sein Körper war, der da unten lag.

Er schaute auf den fremd wirkenden Mann hinab und fragte sich, wie er wieder in seinen Körper zurückkehren könnte. Vielleicht war das gar nicht mehr möglich und er hatte sich mit diesem Experiment für immer ausgeschlossen. Marc bekam Angst. War es das, was Damian passiert war?

Doch die Panik war unnötig. Wie schon vorhin ein einziger Gedanke genügt hatte, um hoch zu schweben, verursachte sein Denken auch nun wieder, dass sofort geschah, was er sich wünschte. Er schnellte zurück in seinen Körper. Ein merkwürdiges Geschehen war das, denn es mutete an wie ein Kopfsprung in den Bauchnabel, ein Eintauchen in die Magengegend, als wäre sie ein Schwimmbecken.

Marc war sofort wach. Er öffnete die Augen und setzte sich auf. Erstaunt schaute er sich im Zimmer um, erhob sich vorsichtig, als könne er nach dem Ereignis auseinanderfallen und ging langsam zum Spiegel.

Sein Anblick erschien ihm völlig normal, er fühlte sich nicht anders als er sich sonst nach dem Aufstehen fühlte, nur, dass er ungewöhnlich fit war, ohne jedes Müdigkeitsgefühl. Auch die Panik, die das Ereignis beendet hatte, war verschwunden. Es war so, als wäre nichts gewesen und doch hatte er etwas erlebt, das ihn zwang über einen Bereich nachzudenken, dem er sich bisher verschlossen hatte. All diese Phänomene, die Elena und Timo erwähnt hatten, luzides Träumen, Nahtoderfahrungen – diesen ganzen metaphysischen Kram - konnte er nach diesem Erlebnis nicht mehr grundsätzlich leugnen.

Er nahm einen Schluck Wasser, knabberte einen Keks, dann setzte er sich auf einen Stuhl am Fenster.

„Völlig irre!" murmelte er und schaute zu der Wand hinüber, die er noch vor wenigen Minuten von innen gesehen hatte. Das Knabbern am Keks vermittelte ihm ein Gefühl der Normalität, doch als er das Bett betrachtete, stutzte er. Etwas stimmte nicht. Die Wäsche war geblümt, genau wie die Vorhänge. Kleine gelbe Wiesenblumen zierten den Bezug, was seltsam war, denn vorhin hatte er sich in seiner eigenen Bettwäsche dort liegen sehen, in seinem Lieblingsbezug, dem aus schwarz-weiß gestreiften Baumwollsatin. Hatte er doch nur geträumt?

Wieder ging er zum Spiegel und betrachtete sich lange darin. Er war sicher, seinen Körper verlassen zu haben, auch wenn es seiner Vernunft widersprach und die falsche Bettwäsche das

Erlebte relativierte. Aber sein Bauchgefühl war stärker als sein Verstand – was selten vorkam.

Marc sah auf die Uhr. Es war später Nachmittag, zu früh, um den Rest des Tages im Zimmer zu verbringen. Es zog ihn raus, raus in die Welt der Dinge, in die fassbare Realität. Er fuhr durch die Gegend, auf der Suche nach einem Supermarkt, in Gedanken immer noch bei seinem Erlebnis. Er würde dieses Experiment sobald wie möglich wiederholen. Schon allein, um zu erforschen, ob es sich um einen Traum oder um das Erleben objektiver Wahrheit gehandelt hatte.

Hinter der nächsten Biegung fand er, was er suchte. Es war zwar kein Supermarkt, aber eine Art Tante-Emma-Laden XL. Neben den Dingen des täglichen Bedarfs fand man auch Blumendünger, Sonnenbrillen, Schrauben, Kochtöpfe, große Schachteln mit billigen Pralinen, Kosmetikartikel und Wäscheständer. Die Kühlanlage der kleinen Käsetheke brummte hörbar, das Glas war beschlagen, denn Sommerhitze und häufige Niederschläge sorgten für feuchtwarme Luft.

Der Ladenbesitzer saß hinter der Kasse und las ein Boulevard-Blatt. Marc nickte ihm zu und nahm einen der roten Einkaufskörbe. In dem Sammelsurium an Dingen fiel ihm ein Tauchsieder auf, den er spontan für nützlich befand. So konnte er sich auf dem abgelegenen Hof einen Kaffee oder eine Fertigsuppe bereiten, ohne immer in die Stadt fahren zu müssen, wenn er hungrig war. Seine ganze Aufmerksamkeit galt nun der extrakorporalen Forschung – so nannte er das Außerkörperlichkeits-Training für sich, da es wissenschaftlicher klang und er sich einredete, sich damit von Damians Hang zur Esoterik zu unterscheiden. Doch unabhängig davon, wie er seinen neuen Forschungsgegenstand nannte und nach allem, was er vorhin erlebt hatte, schien er ihm die einzige Möglichkeit, herauszufinden, was mit Damian passiert war. Hatte der doch über das Bild geschrieben: *Es einmal gesehen zu haben, genügt mir schon, jetzt muss ich nur daran denken und schon schwebe ich ins Kloster.* Marc hatte eine Ahnung davon bekommen, was Damian damit gemeint haben könnte und er wollte herausfinden, was passierte, wenn man im extrakorporalen Zustand an das Bild vom alten Ursulinen-Kloster dachte, denn wie er festgestellt hatte, genügte in jenem merkwürdigen Zustand ein einziger Gedanke, um sich in die Richtung zu bewegen, in die man sich bewegen wollte.

Marc deckte sich mit ein paar Lebensmitteln, einer Packung Multivitaminen und einem Sixpack Sprudel ein. Im Süßigkeitenregal fiel ihm die Kekssorte ins Auge, die Damian in der Schublade hatte liegen lassen. Französisches Buttergebäck. Er ging zu dem Mann an der Kasse und fingerte aus seinem Jackett ein Foto, das er aus Köln mitgebracht hatte. Einen Versuch war es wert. Das Bild zeigte Damian und ihn auf einer Trecking-Tour, die sie vor drei Jahren im Ahrtal unternommen hatten.

Der Ladeninhaber nickte wissend, als Marc mit dem Finger auf Damian deutete. Die Sprachbarriere stand einer richtigen Konversation zwar im Weg, da der Mann kaum Englisch sprach, aber er schien zu verstehen, dass Damian verschwunden war und Marc sich Sorgen machte. Daher machte er eine Führung durch seinen Laden und zeigte auf all die Dinge, die Damian gekauft hatte. Arbeitshandschuhe, einen Mundschutz, viel Mineralwasser, Müsli-Power-Riegel, Energie-Drinks und Batterien. Schließlich sagte der Mann etwas, das Marc nicht verstand. Es schien ihm wichtig zu sein, denn er wiederholte es langsam, aber Marc sprach nun einmal kein Französisch.

An der Kasse holte der Ladenbesitzer Papier und Bleistift hervor und malte unbeholfen, aber erkennbar, eine Spitzhacke. Dann zeigte er mit weit ausholender Geste über sein wahrhaft nicht zu knappes Sortiment und hob entschuldigend die Hände. Marc verstand. Damian hatte nach einem solchen Werkzeug gefragt, aber der Mann konnte nicht damit dienen. Marc bedankte sich und bezahlte.

Auf dem Rückweg fiel ihm ein großes Plakat auf, das das alljährliche High-Light der Region ankündigte. Das 24-Stunden-Rennen von Le Mans. Schnittige Sportwagen lachten von der Werbewand, so als hätten die Autos Gesichter, als wären die Kühlergrills Münder, auf denen sich siegessicheres Grinsen zeigte und als wären die Scheinwerfer Augen, die schmal und aggressiv von ihrem Kampfwillen kündeten.

Wieder in seinem Zimmer bereitete Marc sich einen Käse-Nudel-Topf und löffelte ihn auf dem Bettrand sitzend. In Gedanken ging er die Fakten durch und war sich am Ende sicher, dass Damian den vergessenen Schatz gefunden haben musste. Seine Einkäufe in dem Laden und das Benötigen einer Spitzhacke sprachen für die Notwendigkeit, irgendwo irgendetwas aufschlagen zu müssen. Die Madonnen-Skulptur und das Kästchen mit den Goldmünzen in Damians Haus legten nahe, dass er dabei etwas gefunden hatte und der neue Pick-up war Indiz dafür, dass Damian einen Teil davon bereits verkauft hatte. Den Rest wollte er offenbar ein anderes Mal nachholen. Die Tatsache, dass der Pick-up nun auf einem Parkplatz in Le Mans stand, Damians Sachen noch in dem Pensionszimmer lagen, während er selber verschwunden blieb, sprach dafür, dass er nicht mehr dazu gekommen war, den Rest des Schatzes zu verladen. Irgendein Ereignis musste dazwischengekommen sein. Daher hielt Marc auch die vom Kurator angedeutete Flugreise für abwegig, denn dann würde der Pick-up am Flughafen stehen und nicht mitten in Le Mans.

Marc hatte zu Ende gegessen und öffnete das Fenster, um den Geruch hinaus zu lüften. Doch herein kam nur schwüler Dunst, gewürzt mit einer kräftigen Priese Schweinegülle. Er sah hinaus. Die silbrig-grünen Blätter der Pappel zitterten nervös im Wind. Was, wenn Damian in den unterirdischen Gängen verschüttet worden war?

Er versuchte den Gedanken zu verdrängen, indem er die Schweine im Hof betrachtete, wie sie träge in ihrem Gehege lagen, aber es gelang ihm nicht. In der Ferne hörte er das Durchdrehen von Motoren. Erst einer, dann zwei, dann drei, dann viele. Das Rennen von Le Mans begann. Marc stellte sich vor, wie Damian in einem dunklen Tunnel lag. Er zählte an den Fingern ab, wann ihm das Wasser ausgehen würde. Es war ein Wettlauf gegen die Zeit. Das Motorgeheul gemahnte ihn, dass er keine Minute verlieren durfte. Er musste Damian finden. Immer lauter wurde das Dröhnen. Marc schoss das Adrenalin bis in die kleinsten Kapillaren, aber er musste sich beruhigen. Anders würde er nicht in jenen entspannten Zustand geraten, der ihm das Verlassen seines Körpers ermöglichte.

Er schloss Läden, Fenster und Vorhänge, dann legte er sich aufs Bett. Doch so sehr er sich bemühte, führten die Entspannungsübungen nicht zum Erfolg. Seine Sorge um Damian war zu groß. Die Vorstellung es könnte zu spät sein, den Freund lebendig zu bergen, ließ ihn nicht zur Ruhe kommen. Hätte er nur den Kontakt nie abgebrochen, dann hätte er noch Einfluss auf Damian nehmen können. Dann wäre das alles nicht passiert.

Sie waren beste Freunde, hatten als Kinder nahezu jeden Tag miteinander verbracht und als Jugendliche mit dem Zug Ausflüge nach Köln unternommen. Abenteuerlich war das, mit dreizehn das erste Mal allein in die Großstadt zu fahren und später dann in die Disco.

Marc überlegte, warum sie trotz ihrer Unterschiedlichkeit so lange und so intensiv befreundet gewesen waren. Vielleicht, weil nie eine Konkurrenz-Situation entstanden war, sie sich nie in die Quere gekommen waren. Auch nicht bei den Mädchen. Damian flog schon immer auf einen ganz anderen Frauentyp als Marc. Außerdem war Damian immer schnell verliebt, während Marc eher rational an die Partnersuche ging. Damian hingegen war ein Träumer. Seine Beziehungen fanden im Kopf statt. Frauen waren für ihn nur die Matrix für seine Bedürfnisse und Sehnsüchte. Er entrückte das jeweilige Objekt seiner Begierde durch grenzenlose Idealisierung in Höhen, die die Frau selber nie hätten erreichen mögen. Er umwarb sie mit einer Intensität, die an Verehrung grenzte. Natürlich führte das immer nur zu kurzen, heftigen Affären. Hatte Damian einmal die Menschlichkeit seiner Göttinnen entdeckt, ließ er sie enttäuscht fallen.

Marc überlegte. Rivalität war nicht der Grund ihrer Entzweiung, eher Despektion. Er entsann sich an die Zeit, als er direkt nach dem Studium in ein Forschungsprojekt einsteigen konnte. Damian hatte da gerade von Archäologie zu Germanistik gewechselt. Marc hatte sich gewundert, warum Damian sich von einem brotlosen Studiengang gleich in den nächsten begab und sich eine geringschätzige Bemerkung nicht verkneifen können.

An dem Tag hatten sie so heftig gestritten wie das letzte Mal als Elfjährige, als Damian sich weigerte, seinen Zauberer von der Burg zu entfernen, damit er sich Marcs Playmobil-Rittern anschlösse. Zauberer, so der kleine Marc, müssten auch etwas Anderes leisten als den ganzen Tag nur irgendwelche Elixiere zu brauen. Es waren diese unterschiedlichen Wertevorstellungen, die sich schon in Kindertagen beim Spielen gezeigt und später dann zur Entzweiung geführt hatten. Am Tag von Damians Studienwechsel und Marcs Eintritt in die Berufswelt hatten sie sich verbal manifestiert. Langweilig, materialistisch und phantasielos hatte Damian Marc genannt und Marc, der sich durch diese Charakterisierung verletzt gefühlt hatte, hatte gekontert, dass Damian ein Hungerleider sei, ein Traumtänzer, dem für alles das Durchhaltevermögen fehle.

An diesem Tag hatte ihre Unterschiedlichkeit zu einem Knacks in der Freundschaft geführt. Jeder hatte vom anderen Geringschätzung geerntet.

Doch insgeheim musste Marc sich eingestehen, dass er Damian beneidete und dass es wohl doch eine unterschwellige, wenn auch einseitige Konkurrenz gegeben hatte, einen Wettbewerb, in dem es zwar nicht um Mädchen ging, aber darum, die eigenen Wesenseigenschaften als die Überlegenen zu präsentieren. Vordergründig hatte Marc die Nase auch immer vorne gehabt: Die besseren Noten, das kompatiblere Benehmen, das verlässlichere Wesen, aber er erinnerte sich noch gut an den Tag, an dem Damian bestens gelaunt aus Köln zurückgekommen war, in der Hand die Immatrikulationsbescheinigung für sein Philosophie-Studium. Da hatte Marc das erste Mal diese leise Angst verspürt, dass der Freund ihn überrunden könnte, dass die Prophezeiung des Klassenlehrers – aus Damian würde etwas ganz Besonderes werden - sich bewahrheiten könnte. Und nur dieses Gefühl war es gewesen, das ihn dazu veranlasst hatte, sich mit seinen Eltern um das Medizinstudium zu streiten, denn die hatten ihn für eine solide Laufbahn in der Bank vorgesehen. „Das ist ein sicherer Arbeitsplatz, Junge, da kannst du mit Mathematik etwas anfangen", hatte seine Mutter ihn zu überzeugen versucht und war damit anfangs auch erfolgreich gewesen. „Du verdienst schnell dein eigenes Geld und kannst zuhause etwas beisteuern."

Erst der strahlenden Damian, der mit diesem grünen Zettel winkend aus der Stadt zurückgekommen war, hatte ihm die Idee vermittelt, mit seinem Einser-Abitur auch etwas Anderes anfangen zu können. Ohne den aufbruchslustigen Damian mit seinen phantastischen Zukunftsvisionen wäre er heute Bankkaufmann in der Filiale seines Heimatdorfes und würde den dort verbliebenen Senioren monatlich ihre Rente auszahlen.

Damian war sein Doping gewesen.

Umso mehr drückte ihn nun die Frage, warum es ihm insgeheim Genugtuung verursacht hatte, dass Damian kein Philosophie-

Professor, kein Archäologe und auch kein Germanist geworden war, denn das Zeug dazu hätte er durchaus gehabt.

Sein Motiv, ständig seine Studiengänge zu wechseln, lag nicht in mangelnder Befähigung, sondern war allein der Tatsache geschuldet, dass er sich plötzlich für etwas Anderes interessierte. Er hatte sich eben lange genug mit antiken Philosophen, dann mit Ausgrabungen und schließlich mit Literaturwissenschaft beschäftigt und sehnte sich nach etwas Neuem.

Hätte Marc ihn darin bestärken sollen, bei einer Sache zu bleiben? Hatte er nicht insgeheim Erleichterung verspürt, dass Damian kein Karrieretyp war, an dem er sich ständig hätte messen müssen? Wie oft hatte er ihn um die Reisen beneidet, um die wochenlangen Ausgrabungen in den Semesterferien, während er über Biochemie brütete. Er hatte mit seiner Kritik an Damians Unstetigkeit doch nur ein einziges Mal auftrumpfen, nur einmal Anerkennung für die ganze Arbeit ernten wollen, die ihm sein Studium bereitete, da Damian nur Spaß zu haben schien. Marc hatte gar nicht bemerkt, dass Damian genau dasselbe suchte. Die Anerkenntnis seiner Persönlichkeit, der er mit allem, was er tat, Ausdruck verlieh, ohne je auf Profit ausgerichtet zu sein. Er studierte, weil er interessiert war, er malte, weil ihn das erfüllte und er arbeitete, um irgendwie über die Runden zu kommen. Doch irgendwann hatte er bei seinen Aktivitäten eine Grenze überschritten, war ins Schattenreich übergetreten.

Marc fuhr sich durchs Gesicht. Vielleicht war es seine Geringschätzung gewesen, die Damian dazu verleitet hatte, schnell an Geld kommen zu wollen. Dabei verachtete Marc ihn in Wahrheit doch gar nicht, er war nur nicht fähig gewesen, Damians völlig anderen Lebensentwurf zu verstehen. Sein Freund war vermutlich zufrieden mit sich und der Welt gewesen - bis Marc ihn beleidigt hatte. Vielleicht hätte er damals einfach zugeben sollen, dass in Damian ein Vielfaches mehr an Potential ruhte als in ihm selber und akzeptieren müssen, dass er aber kein Interesse daran hatte, es in eine Karriere zu transformieren. Wenn er ehrlich zu sich selbst war, dann hatte die Freundschaft nur so lange gehalten, weil Marc Damian gebraucht hatte. Damian war seine Inspirationsquelle gewesen, sein Impulsgeber. In vielen Dingen. Ohne Damian, hätte er nie die Sicherheit der Bergischen Kleinstadtidylle verlassen. Umso tragischer war es, dass ausgerechnet Damian dorthin zurückgekehrt war. Doch nun war er verschwunden.

Marc verließ das Bett. Seine Gedanken hatten nicht gerade dazu beigetragen, sich zu entspannen, außerdem war es heiß und stickig und so beschloss er, eine Dusche zu nehmen.

Viel später, es wurde fast dunkel, hatte Marc sich genug Vorwürfe gemacht. Er hatte zwar erkannt, dass er Damians Lebensführung hätte akzeptieren müssen, war aber auch zu dem Schluss gekommen, dass er seinen eigenen Wertvorstellungen deswegen nicht untreu werden musste. Somit war der Bruch unausweichlich gewesen und Marc befreite sich von der Last des Gedankens, dass er einen nennenswerten Einfluss auf Damians Werdegang hätte nehmen können. Jeder war frei, seine eigenen Entscheidungen zu treffen. Marc machte sich keine Vorwürfe mehr, war aber traurig.

Resigniert legte er sich zu Bett. Ruhig begann er mit der Außerkörperlichkeitsübung, war aber sehr bald eingeschlafen.

Gegen halb zwei wurde er wach. Er schwitzte und öffnete das Fenster. Die Nachtabkühlung sorgte für angenehme Außentemperaturen und frischen Wind, allerdings wehte die kühle Brise auch die Motorgeräusche vom 24-Stunden-Rennen hinein. Sie erinnerten ihn dran, dass er keine Zeit zu verlieren hatte!

Ruhiger als noch am Abend und durch die vorangegangene Erholung entspannt, machte er sich erneut an die Übung.

Es dauerte eine Weile, bis Marc in jenen Zustand zwischen Schlafen und Wachen gelangte, in dem man nicht ganz hier und nicht ganz dort war. Er hatte begriffen, dass die Technik zur Außerkörperlichkeit auf nichts anderes zielte, als sich dieses Stadiums bewusst zu werden. Intuitiv spürte er, dass er seinen Geist wachhalten musste, während sein Körper einschlief.

Er war ganz aufgeregt, als er plötzlich spürte, wie die Vibrationen begannen und erschreckte nicht mehr so sehr, als er wieder den Knall hörte, laut wie ein Pistolenschuss. Dann wurde es ruhig und Marc schwebte nach oben. Er bemühte sich, nicht an seinen Körper zu denken, damit ihn nicht wieder die Panik überkam, nicht zurückkehren zu können. Aufgeregt und voller Neugier konzentrierte er sich darauf, das Zimmer zu verlassen und schon wie beim ersten Mal konnte er feststellen, dass er nur einen Gedanken fassen musste, damit genau das geschah, was er sich vorstellte. Er glitt durch die Zimmerdecke hindurch ins Freie und schwebte hoch über dem Bauernhaus, weit höher als die Pappel, deren Blätter im lauen Sommernachtswind tanzten, ohne dass Marc selber auch nur den Hauch eines Lüftchens spürte. Überhaupt hatte er keine Sinneswahrnehmungen, wie er sie kannte, nicht einmal Höhenangst, obwohl er so hoch schwebte, dass er in der Ferne die Lichter der Stadt sehen konnte. ›Zum Museum‹ befahl er und fand sich augenblicklich auf dem Vorplatz des *Musée Tessé*, ohne dass er einen erkennbaren Weg zurückgelegt hätte.

Der Platz war dunkel und menschenleer, doch auf der Fassade des Gebäudes lagen bunt schillernde Bilder. Marc erkannte in ihnen die Chimäre. In vielen Farben leuchtete das Fabelwesen und er dachte enttäuscht: Ich träume ja nur und gleich werde ich wach. Augenblicklich spürte er ein Ziehen im Rücken, als würde er ruckartig an einer Schnur gezogen und befand sich wieder in seinem Körper.

Verwirrt schlug er die Augen auf. Alles hatte sich so echt angefühlt, auch im Nachhinein noch. Er fühlte sich keinesfalls wie aus einem Traum erwacht, nicht wie in diesen Momenten, die einen nach einem Albdruck wieder in den beruhigenden Arm der Wirklichkeit zogen oder nach einer schönen Illusion auf den harten Asphalt der Realität schlagen ließen. Nein, er könnte schwören, alles was er erlebt hatte, war so echt wie das alltägliche Leben. Wäre nur nicht diese surrealistische Überlagerung von Museum und Chimäre gewesen.

Ob sein Unterbewusstsein mit dem Bild der männerverschlingenden Kreatur seine Sorge um Damian verarbeitete? Schließlich hatte er schon einmal an seinen Freund denken müssen, als er über das Kunstwerk reflektierte.

„Alles Blödsinn", schimpfte Marc und erhitzte Wasser für einen Tee. „Es war doch klar, dass es so etwas wie Außerkörperlichkeitsreisen nicht gibt." Er sprach mit dem Buch, das auf dem Nachttisch lag, als wäre es Damian persönlich. „Es sind Träume, vielleicht diese luziden Träume, von denen Sylvia gesprochen hat, aber eben Träume."

Gegen Mittag rief er Marie Leconte an. Er war nun völlig ratlos was er noch unternehmen könnte, um Damian zu finden. Er würde ihr seine Gedanken mitteilen, vielleicht hatte sie eine Idee, doch Mademoiselle Leconte konnte ihm im Augenblick auch nicht weiterhelfen.

„Ich habe erst heute Abend Zeit", erklärte sie ein wenig gestresst, „wir bereiten gerade eine Ausstellung vor. Heute kommen die

Kisten mit den ausgeliehenen Exponaten. Wir können uns gegen zweiundzwanzig Uhr treffen. In dem kleinen Café."

Zwölf Stunden sind es bis dahin, dachte Marc. Ihm lief die Zeit davon. Andererseits, wie sollte die Volontärin ihm helfen? Sie war Kunsthistorikerin und keine Detektivin.

Bar jeder Eingebung trat er ans Fenster und sah unschlüssig an der Pappel empor, die wie ein mahnender Zeigefinger starr und regungslos nach oben in den endlosen Äther deutete. Ein Geräusch lenkte Marcs Aufmerksamkeit nach unten in den Hof. Der Bauer war gerade dabei, das Gehege der Schweine mit einem Wasserschlauch anzufeuchten, denn die Hitze hatte die Suhle ausgetrocknet. Der alte Mann wirkte arthritisch, jede Bewegung schien ihm schwer zu fallen. Als er fertig war, hinterließen seine nassen Schuhe Spuren im trockenen Sand des Hofes.

Marc starrte hinunter auf die Fußabdrücke. Egal ob er seiner extrakorporalen Erfahrung traute oder nicht, im Moment gab es keinen anderen Weg, als in Damians Fußstapfen zu treten und ihm in das Reich der Körperlosigkeit zu folgen, denn trotz aller Zweifel hatte er noch immer das Empfinden, dass alles, was er erlebt hatte, mehr als ein Traum war.

Wieder und wieder grübelte er über Damians Aufzeichnungen. Seine Notizen erinnerten ihn nach wie vor an sein eigenes Erlebnis, nämlich an einen Ort geschwebt zu sein, an den er sich wünschte. Er wollte es erneut probieren. Vielleicht schaffte er es dieses Mal *zu dem Bild zu schweben*, wie Damian es beschrieben hatte. Denn auch Marc wusste ja nun, wo es sich befand.

Um die nötige Bettschwere zu erlangen, verließ er zunächst den Hof und fuhr eine Weile ziellos durch die Gegend, bis er auf halber Strecke in die Stadt einen Gasthof entdeckte, in dem er ein *Pavé de Boeuf en Sauce Roquefort* und zum Nachtisch ein Mokka-Eclair aß. Dann fuhr er auf den Hof zurück und versuchte sich erneut in der AKE-Technik.

Seine Befürchtung, er könnte wieder einschlafen, war grundlos. Bald spürte er die Vibrationen, hörte den Knall und schoss wie eine Rakete durch die Zimmerdecke. Die Geschwindigkeit erschrak ihn, aber er begriff schnell, dass sein Enthusiasmus das Tempo seines Vorhabens beeinflusste. Er musste sich beruhigen, um sich zu bremsen.

›Ins Museum‹, entschied er deshalb betont langsam, ›ich möchte ins Depot‹.

Marie stand mit einer Gruppe von Kollegen um eine recht speziell wirkende Kiste. Aus ihrem mit Styropor und Filz ausgekleideten Innern zogen zwei Leute gerade ein Gemälde. Andächtiges Raunen und freudige Ausrufe begleiteten den Akt. Ein farbenprächtiges Bacchanal kam zum Vorschein, es zeigte irre tanzende und lüstern grinsende Satyrn, die sich um den Gott des Weines scharrten. Marc staunte. Nicht über das Bild, sondern über seinen Zustand. Er befand sich mitten unter den Kunsthistorikern, aber keiner schien seine Anwesenheit zu bemerken. Um ganz sicher zu sein, hob er seine Hand und hielt sie kurz in Maries Blickfeld, doch sie reagierte nicht. Fasziniert umrundete Marc die kleine Gruppe. Das konnte kein Traum sein! Er erlebte alles bei völliger Klarheit seines Verstandes und höchst intensiv. Er vernahm das Rascheln des Verpackungsmaterials, den Auslöser einer Kamera und kam den Museumsangestellten so nah, dass er ihren Atem hörte. Er bemerkte ein Haar auf dem Jackett eines Mannes, sah die zarte Puderschicht auf Maries Wangen. Keine der Beobachtungen schien seiner Phantasie zu entspringen, denn alles was er sah, ging weit über seine Vorstellungskraft hinaus. Was er noch vor wenigen Tagen für absoluten Unfug gehalten hatte, war also möglich. Man konnte seinen Körper verlassen. Wenn er das seinen Kollegen erzählte! Es fiel ihm schwer, sich auf seine eigentliche Mission zu besinnen, zu aufregend war es, so dicht bei Marie zu stehen, ohne dass sie ihn wahrnahm. Ihre Augen strahlten und er hätte ihre Wimpern zählen können. Die Freude über das eingetroffene Bild ließ ihre Wangen glühen und Marc musste sich erneut eingestehen, wie sehr sie ihm gefiel. Zu gerne wäre er hier stehen geblieben, um sie noch ein wenig länger zu beobachten, doch die Suche nach Damian ging vor. Er musste zum Gemälde jenes Hamo, von dem er wusste, dass es an einer Rollwand hing. Seine ganze Konzentration galt jetzt diesem Ziel und er war kaum noch erstaunt, als er in dem Moment vor dem Bild stand, als er an es dachte.

Wie er es in Erinnerung hatte, zeigte es die Ansicht des barocken Ursulinen-Klosters unter dem kontrastreich gemalten Himmel. Nur eine Sache war anders. Es war das kleine Fenster mit der Kerze. In seiner Erinnerung war es zwar vom blassen Schein der Flamme erleuchtet, jetzt aber strahlte es geradezu. Der Lichtkegel flackerte bis über die Bildgrenze hinaus und erfasste Marc mit seinem warmen Licht, als wäre es echt. Er spürte einen Sog, eine Art elektrisches Kribbeln und er erinnerte sich an die Notiz von Damian:

… und schon schwebe ich ins Kloster.

So gab auch er dem Sog nach und bewegte sich auf das Fenster zu, neugierig und angespannt zugleich. Er fragte sich, was passieren würde, ob er in das Fenster hineingucken könnte. Würde er mehr sehen als das, was das Gemälde auf den ersten Blick preisgab? Vielleicht befand sich in dem Zimmer ein Hinweis auf den Ursulinen-Schatz. Entschlossen durchbrach er den Firnis, tauchte in die Farbschichten aus Rotorange und warmem Gelb, schmeckte gleißendes Weiß und meinte sogar, den Geruch von Ölfarbe wahrzunehmen. Der Einstieg in das Bild war wie das Durchbrechen einer Schranke. Anders als das Eindringen in die Mauer des Bauernhauses war es mit einem gewissen Widerstand verbunden und erforderte Willenskraft. Gerade als er es geschafft zu haben glaubte und bereits die Möbelstücke einer kleinen Kammer wahrnahm, zweifelte er an seinem Erleben. Er dachte an seinen Körper, der im Bett lag und schlief, fragte sich, ob er nicht doch träumte und noch während ihm einfiel, dass er ja genau daran nicht denken durfte, spürte er bereits ein Ziehen am Rücken und schnellte in seinen Körper zurück.

Enttäuscht schlug er die Augen auf.

„Mist!" Ungehalten fegte er das Buch von seinem Nachttisch. „Ich muss da rein!" Die Wut über die verpasste Chance war unerträglich. Hätte er nicht an seinen Körper gedacht, wäre er jetzt in dem geheimnisvollen Zimmer! Vor allem aber Damian einen entscheidenden Schritt näher! Die Neugier auf das, was sich dort verbarg, zerriss seine Nerven. Er sprang auf und griff eine Flasche Sprudel. Seine Gedanken rasten zwischen den verschiedenen Beobachtungen hin und her, bemüht, das Erlebte zu analysieren. Konnte man wirklich in ein Bild einsteigen? Wie war es möglich, dass er Marie beim Auspacken eines Gemäldes zusehen konnte, ohne selber anwesend zu sein? Seine Beobachtungen deckten sich zwar mit dem, was sie über die Ausstellungsvorbereitung erzählt hatte, aber gerade deswegen könnte alles auch ein Traum gewesen sein. Was ihm vorhin noch als unleugbare Realität erschienen war, zog er nun wieder in Zweifel. Gab es wirklich etwas, was außerhalb seines Gehirns lag, etwas, was nichts mit den dort verankerten Erinnerungen, Wünschen und Träumen zu tun hatte?

Der Zustand hatte nicht lange genug angehalten, um das herauszufinden zu können. Ungeduldig sehnte er den Abend herbei, damit er Marie über ihren Tag befragen konnte. Erst dann könnte er seine Beobachtungen mit ihren Erlebnissen abgleichen. Aus der Ferne drangen noch immer die Laute des Autorennens in sein Zimmer. Überreizt wanderte er auf und ab, was aber seine Spannung nicht abzubauen half, sondern das Gegenteil bewirkte. Wenn er die Technik der Außerkörperlichkeit nicht bald besser beherrschte, würde es zu spät sein, Damian lebend zu finden.

Um nicht tatenlos herumzusitzen und das Heulen der Motoren auszublenden, las er in dem Buch. So hatte er wenigstens das Gefühl, etwas für das Gelingen seiner Experimente zu tun, auch wenn er nicht viel Neues in Erfahrung bringen konnte. Es lag nun an ihm, das extrakorporale Reisen zu üben und sein Vorgehen zu optimieren.

Am Abend zog Marc sich für sein Treffen mit Marie an. Beim Verlassen des Hauses bemerkte er, dass die Motorgeräusche verstummt waren. Das Autorennen war beendet. Ein kleiner Schock durchfuhr ihn. War sein Rennen auch vorbei und Damian längst tot? Mit Unmut stellte er fest, dass er abergläubisch wurde. Andererseits versetzte ihn dieser Gedanke in eine geradezu fatalistische Ruhe. Wenn es vorbei war, dann war es eben vorbei. Er hatte keinen Einfluss auf das Schicksal und tat schließlich, was er konnte. Mehr lag nicht in seinem Vermögen und das ließ den Druck von ihm abfallen. Natürlich würde er weiterhin versuchen, in den Außerkörperlichkeitszustand zu gelangen und in das Gemälde einzutreten, aber erzwingen konnte er den Erfolg nicht. In dem Buch mit dem Zehn-Punkte-Plan wurde schließlich erwähnt, dass es nur wenigen Menschen gelinge, in kurzer Zeit Erfolg in der Außerkörperlichkeits-Technik zu haben und wie es aussah, gehörte er zu dieser Gruppe. Er gab nachweislich sein Bestes und diese Erkenntnis entlastete ihn auf eine Art, die ihm erlaubte, sich auf das Treffen mit Marie zu freuen.

Er war etwas zu früh in der Altstadt und wunderte sich über die Scharen von Touristen, die die Gassen füllten. Offenbar gab es Sonderöffnungszeiten und die Event-Besucher waren von der Rennstrecke in die Innenstadt gekommen, um ihren letzten Abend in Le Mans zu genießen.

Marc ließ sich mit dem Strom treiben, vorbei an Restaurants und kleinen Weinstuben, entlang roter Fachwerkhäuser, die schwer auf alten Sandsteinsäulen ruhten. Wie angeklebt und weggerutscht hing hier und da ein runder Erker an einem dieser schiefen Bauten. Die Abendsonne tauchte die pittoreske Szenerie in ein goldenes Licht.

Marc kaufte ein Eis und bekam vor einer kleinen Parfümerie die Idee, sich drinnen etwas aufzusprühen, da er sein Rasierwasser zu Hause vergessen hatte. Er wollte bei Marie einen guten Eindruck hinterlassen.

Als es langsam dunkel wurde, traf er sie in dem kleinen Café. Sie saß bereits an einem der Tische draußen, zusammen mit einer Freundin und einem Mann, der ihm irgendwie bekannt vorkam. Marc war enttäuscht, dass sie nicht allein war. Als sie ihn bemerkte winkte sie ihn fröhlich an den Tisch. „Wir hatten Glück", rief sie und präsentierte ihm mit einer Handbewegung stolz den lauschigen Platz unter der roten Markise. Auf dem Tisch standen drei angetrunkene Gläser Absinth und vor Marie die Reste eines belegten Baguettes. In der Mitte flackerte eine Kerze. Marc setzte sich auf den freien Stuhl und blickte etwas unsicher in die Runde. Die Frau neben Marie beäugte ihn interessiert, der Mann musterte ihn mit dem Blick eines misstrauischen Rivalen. Marc fühlte sich unwohl und wusste nicht was er sagen sollte, vor allem nicht in welcher Sprache. Die Bedienung, die sofort herbeieilte, um seine Bestellung aufzunehmen, verschaffte ihm etwas Aufschub.

„Äh ... ich nehme dann auch so was", Marc deutete auf die Gläser und Marie übernahm es, seinen Wunsch ins Französische zu übersetzen *„une fée verte pour Monsieur, s'il vous plaît!"* Dann lächelte sie und stellte ihm die beiden vor „das sind meine Kollegen Lucie und Jaques. Wir haben heute sehr lange gearbeitet und die beiden sind noch auf eine Erfrischung mitgekommen." Etwas unbeholfen im Ausdruck und mit bezauberndem Akzent fügte sie an „die sind gleich weg."

Marc musste lächeln und fühlte sich sofort wohler. Er fragte sich, ob die Zwei verstanden hatten, was Marie gesagt hatte, denn Jaques Blick wurde noch finsterer als er es ohnehin schon war, während Lucie sogleich bemüht war, den letzten Schluck ihres Getränks herunter zu spülen und Marc dabei freundlich zuzwinkerte. Jaques lehnte sich demonstrativ zurück und schlug die Beine übereinander. In einigermaßen gutem Englisch fragte er „Ihr Freund ist also verschwunden?", er legte seine Finger Kuppe für Kuppe aneinander und starrte konzentriert auf seine Hände, als er anfügte „und Sie denken, er hat den Ursulinen-Schatz entdeckt?"

Marc kam sich blöd vor, ihm war der sarkastische Unterton in Verbindung mit der übertrieben ernsthaften Geste der Hände nicht entgangen. Wenn er seine Gedanken laut ausgesprochen von einem Fremden hörte, kamen sie ihm selber lächerlich vor. Er blickte zu Marie, die Jaques vorwurfsvoll ansah.

Marc hätte klar sein müssen, dass sich sein Besuch im Museum und das Gespräch mit dem Kurator herumgesprochen hatten. Wieder rettete ihn die Bedienung, die den Absinth servierte. Lucie nutze die Gelegenheit, um sich zu verabschieden und schaute Jaques auffordern an, als sie ihre Tasche nahm. Er wäre wohl stur sitzen geblieben, wenn Marc nicht seine Höflichkeit überwunden und ihm geantwortet hätte „ich möchte Sie ungern mit meinen Hirngespinsten langweilen. Keiner zwingt Sie zu bleiben…"

Jaques blickte prüfend zu Marie, während Marc kaum wagte sie anzusehen. Doch offenbar war ihre Reaktion zu Marcs Gunsten ausgefallen, denn Jaques erhob sich abrupt und ging grußlos davon. Und noch während Marc überlegte, ob der Typ der Mann gewesen war, an dem ihm heute während seiner extrakorporalen Forschung ein Haar auf dem Jackett aufgefallen war, erstrahlte das Museum plötzlich in buntem Lichterglanz. Unter dem Applaus der Gäste erschien auf der Fassade die Projektion der Chimäre.

„Das ist ja verrückt!" Marc sprang auf, völlig vergessend, dass er nicht alleine war. Ein Hochgefühl schoss durch seinen Körper wie die Fontäne im Park gen Himmel sprudelte. „Ich habe nicht geträumt!"

„Was meinst du?", Marie hatte locker zum Du gewechselt. Sie nahm seine Stimmung auf und lachte, „was ist verrückt?"

„Die Projektion! Gab es die schon gestern Abend?"

„Ah, die *Nacht der Chimären*! Nein, sie beginnt heute. *Le Baiser Suprême*", hauchte sie kokett und wies auf das Lichtbild. Auf ihren Lippen schimmerte noch ein Tropfen des Anisgetränks. Marc hätte sich nicht gewehrt, wenn sie ihn jetzt gepackt hätte. Sie legte den Seidenschal ab, den sie um die Schultern gelegt hatte, wie als hätte sie nur damit gewartet, bis Jaques fort war. Dabei wehte ein Hauch ihres Parfums zu ihm hinüber. Marc erhaschte einen Blick auf ihr milchweißes Dekolleté, das im weichen Licht der Kerze schimmerte. Unter dem Etuikleid zeichneten sich ihre Formen ab. Für den Bruchteil einer Sekunde vergaß Marc, was er sagen wollte, doch dann sammelte er sich. „Die Chimäre ist das Glanzstück eures Museums, nicht wahr?" Sie nickte, „einmal im Jahr gibt es die *Nacht der Chimären*, dann ist die ganze Stadt mit Fabelwesen illuminiert."

Marc wunderte sich, dass er die Projektion auf der Museumsfassade in seinem außerkörperlichen Zustand schon hatte sehen können, bevor die diesjährige Premiere überhaupt stattgefunden hatte. Das erinnerte ihn an die „falsche" Bettwäsche, in der er sich während seines ersten Experiments hatte liegen sehen. Was waren das für merkwürdige Verschiebungen, die man in diesem Zustand erlebte? Der Faktor Zeit schien keine Rolle zu spielen.

Er hätte diese Eigentümlichkeiten gerne mit jemandem besprochen, aber ihm fehlte der Mut, Marie davon zu erzählen. Noch vor einer Woche hatte er selbst sich abschätzig über dieses Thema geäußert und konnte daher kein Verständnis von anderen erwarten. Er wünschte sich Damian herbei, mit ihm könnte er über so etwas reden. Marc dachte noch, dass er ihn ja gleich anrufen könne, bis ihm die Absurdität seines Gedankens bewusst wurde. Für einen Augenblick hatte er tatsächlich vergessen, dass sein Freund vermisst wurde und er ja nur deshalb auf diese Außerkörperlichkeits-Technik gestoßen war, weil er ihn suchte. Mit Damian war es wie mit einem Verstorbenen, dessen nicht-mehr-Dasein man kurz ausblendet, indem man daran dachte, was man ihm demnächst unbedingt erzählen wollte.

Marc war unschlüssig, wie es jetzt weitergehen sollte. Er war hin und her gerissen, zwischen seinem Erlebnis und Maries Gegenwart, zwischen seiner Sorge um Damian und seinem Interesse an der hübschen Französin. Sie sah glücklich aus, offenbar hatte ihr sein kleiner Kampf um das Alleinsein mit ihr gefallen.

„Das Kleid steht dir gut", versuchte er sich in einem Kompliment, unsicher, ob es angebracht war.

„Danke", sagte sie erfreut, während Marc überlegte, ob sie es schon heute Mittag getragen hatte, als er sie bei seinem außerkörperlichen Ausflug sah, doch er hatte nur ihr Gesicht betrachtet. Er würde sie direkt fragen müssen, aber war das nach der Projektion der Chimäre überhaupt noch notwendig? Sprach das Ereignis nicht für den objektiven Wahrheitsgehalt seines Erlebens? Da er ohnehin weiter experimentieren würde, erübrigte sich die Nachfrage. Mit der Zeit würde er schon herausfinden, wie wahrheitsgetreu seine Erlebnisse waren.

Der Gedanke an das Bacchanal brachte ihn aber auf die Idee, Wein zu bestellen. Dieses Anis-Gebräu war nicht sein Fall und am liebsten wäre ihm ohnehin ein kühles Kölsch gewesen. Er schob die grün schimmernde Flüssigkeit von sich, orderte zwei Gläser Sauvignon und eine Käseplatte.

Sie aßen, tranken und unterhielten sich. Dabei erfuhr Marc, dass Marie ein paar Semester in Paderborn studiert hatte. „Ich hätte nichts dagegen, wieder in Deutschland zu leben", sagte sie, „dann aber in einer Großstadt."

„Ich komme aus Köln", erzählte Marc, „wäre das groß genug?"

Marie wischte sich einen Baguette-Krümel aus dem Mundwinkel und senkte den Blick „ich weiß nicht, vielleicht. Die Stadt war vor dem Krieg sicher einmal sehr schön, aber jetzt?"

Marc fühlte sich angespornt, Köln in das beste Licht zu rücken.

„Naja, im Krieg wurde nicht alles zerstört. Der Dom steht noch."

Sie lachte und Marc fügte hinzu „außerdem gibt es viele Kirchen, Museen und Galerien und …", er überlegte, was Marie gefallen könnte, etwas, was es in Le Mans nicht gab.

„…und was?" neckte Marie ihn.

„… und mich."

Marie fuhr mit dem Zeigefinger verlegen an den Rändern ihrer Ohrmuschel entlang. *Auricula auris*, fachsimpelte Marcs Unterbewusstsein. Er musste sich ablenken, aber sein Blick glitt ungewollt tiefer zur Brustwölbung, die der Ausschnitt preisgab. Ihm wurde ein wenig heiß.

Marie lächelte. „Wenn du dort wohnst, ist es eine Überlegung wert."

Marc grinste zufrieden.

Es war schon weit nach Mitternacht als er Marie nach Hause brachte. Sie saßen in seinem Wagen vor ihrem Haus. Er griff ihre

Hand und als sie sie ihm nicht entzog, küsste er sie. Ihre Zungen kreisten hungrig umeinander, seine Hände wühlten durch die seidige Flut ihres Haars und glitten dann hinunter zu ihren Brüsten. Als es ihn noch tiefer drängte, entzog sie sich ihm. „Ich muss morgen arbeiten", sie atmete heftig und ihre Wangen glühten. Es fiel ihr sichtlich schwer, nicht nachzugeben, aber offenbar hatte sie Prinzipien. „Komm gut nach Hause."

Marc war in Hochstimmung, als er in sein Zimmer kam. Übermütig begrüßte er die Pappel vor seinem Fenster, die ihm mit ihren schillernden Blättern unaufhörlich zu applaudieren schien. Er grüßte auch das Buch auf seinem Nachttisch, sprach mit ihm, als wäre es Damian. „Am Ende werde ich noch so wie du, jetzt spreche ich schon mit Bäumen."

Er warf seine Kleider über den Stuhl und lief nackt über den Flur zur Dusche, denn er erwartete kaum, hier jemandem zu begegnen.

Nach einer ausführlichen Kneipanwendung und nur mit einem Frotteetuch bekleidet, kehrte er in sein Zimmer zurück. Er ließ die restlichen Wasserperlen, die an ihm herabtropften, verdunsten, was ihm angenehme Kühlung brachte. Die Dusche hatte seinen Körper gut durchblutet und mit einem behaglichen Kribbeln in den Gliedern legte er sich aufs Bett und begann seine Übung. Für eine Weile lenkte ihn der Gedanke an Marie ab, immer wieder driftete er zu dem Moment ihres Kusses und er hätte sich liebend gern erotischen Phantasien überlassen, aber dann gelang es ihm, sich auf seine Mission zu konzentrieren. Sein Körper wurde ruhig und schlief ein, sein Geist aber blieb wach und schwang sich hinaus, flog durch die blaue Nacht, hinweg über Baumwipfel, Dächer und die Lichter der Stadt, hinein ins Museum. Bald befand er sich vor dem Gemälde und wieder spürte er den Sog, der vom Lichtkegel der Kerze ausging. Was war in dem Zimmer?

›Ich will hinein‹, formulierte er sein Ansinnen und kaum hatte er es gedacht, durchbrach er den Lack, glitt durch die Farbschichten und schließlich durch einen unsichtbaren Widerstand, der fast so stark war wie sein Wille, aber eben nur fast.

Dann, auf einmal, stand er in einer kleinen Kammer. Er sah die Kerze nun aus der anderen Perspektive, aus dem Innern des Raumes, wie sie auf dem Fensterbrett stand und im Luftzug flackerte. Es war tatsächlich eine richtige Kerze, keine gemalte, und um ihn herum spannte sich das Gewölbe eines echten Zimmers, auf dessen weiß gekalkten Wänden die Schatten der Möbel tanzten. Marc schaute sich fasziniert um. Er war in eine andere Realität gestiegen. Während er zu fassen versuchte, was mit ihm geschah, überraschte ihn das nächste Ereignis. Da war jemand! Erschrocken hielt er inne. Er hatte hier niemanden erwartet. Fast wären seine Gedanken zurück zu seinem Körper geflohen, aber er riss sich zusammen und ließ nicht zu, dass das Erlebnis wieder vorzeitig endete. Mutig und mit aller

Konzentration heftete er seine Aufmerksamkeit auf die Person, die da vor ihm stand und obwohl er in einem Kloster nichts anderes hätte erwarten dürfen, war er doch erstaunt, als er eine Nonne erkannte, die ihn mit ihrem Blick durchbohrte. Unsicher wartete er, was geschehen würde, ob sie über sein Eindringen empört wäre oder gar schreien würde, aber die Frau reagierte nicht auf ihn und nach einer Weile begriff er, dass sie ihn gar nicht wahrnahm, sondern durch ihn hindurch blickte, hinaus aus dem Fenster. Er war unsichtbar. Erleichtert, aber verblüfft betrachtete er seine Hände. Sie erschienen ihm wie die Umrisse eines zitternden Hologramms, doch als er an sich hinabschaute, sah er nichts. Erst nach und nach formte sich aus seiner Erwartung heraus eine anthropomorphe Lichtgestalt, die so aussah, wie er sich kannte.

So befremdlich die Situation war, so neugierig machte sie Marc und er lenkte seine Aufmerksamkeit zurück auf die Nonne. Sie war jung, vielleicht Anfang zwanzig und machte den Eindruck, als warte sie auf etwas. Voller Sehnsucht schaute sie hinaus in die Nacht. Die schwarze Tracht schien ihren schlanken Körper gefangen zu halten und in ihren Augen lag etwas ebenso Dramatisches, wie es die theatralische Farbgebung des Himmels auszudrücken versuchte, die man wahrnahm, wenn man sich außerhalb des Gemäldes befand und es betrachtete. Auf dieser Seite jedoch, aus dieser anderen Wirklichkeit heraus gesehen, war es draußen einfach nur dunkel.

Marc sah die Schwester fasziniert an. Er musste zugeben, dass er kaum jemals ein so schönes Gesicht gesehen hatte. Am auffälligsten waren die großen, tiefbraunen Augen, dann der geschwungene, sinnliche Mund und nicht zuletzt das schmale Kinn, das sich trotzig über die Kinnbinde der Haube schob. Zu seiner Überraschung begann sie damit, sich auszuziehen. Unter dem schwarzen Obergewand trug sie ein Kleid aus naturfarbenem Baumwollgewebe. Der durchsichtige Stoff ließ das dunkle Dreieck zwischen ihren Schenkeln ahnen und straffte sich über den vollen Brüsten. Zuletzt legte sie ihre Haube ab. Marc war erstaunt, dass sie langes Haar hatte, er dachte, Nonnen müssten sich davon trennen. Bis zu den Hüften hinab fiel die schwarze, seidig glänzende Pracht und Marc fragte sich, was eine derart betörende Frau in einem Kloster machte.

Die schöne Nonne legte sich in ihr Bett. Traurig starrte sie an die Decke. Marc folgte ihrem Blick. Oben löste sich der Putz und auch sonst war die Kammer bescheiden, aber nicht ungemütlich. Ein breiter Holzschrank zierte die eine Zimmerseite und ein Tisch mit Waschkrug und Schale die andere. Auf dem Boden lag ein gewebter Teppich.

Plötzlich riss die Nonne ihren Kopf herum, vom Fenster her kam ein Geräusch. Marc hörte es auch. Mit einem Mal schien ihre Trauer verschwunden. Freudig sprang sie aus dem Bett und eilte an ihren Schrank. Marc kam aus dem Staunen nicht heraus, als er beobachtete, wie sie eine Strickleiter herauszog und geschickt am Fensterrahmen befestigte. Wenige Augenblicke später erstieg ein Mann die Kammer.

„Adéláde!", in atemloser Hast nahm er den letzten Meter und sprang, so leise es ihm möglich war, vom Fensterbrett. Er war groß und schlank und sein markantes Gesicht wurde von kräftigen schwarzen Locken gerahmt. Adéláde stürzte ihm in die Arme. „Hamo!", flüsterte sie in den Stoff seines Gehrocks „Hamo, du bist gekommen!"

Sieh an, dachte Marc, Hamo Dagny - der Maler in seinem eigenen Bild. Das kann nicht sein.

Kaum hatte er seinem Zweifel Raum gegeben, spürte er jenen Ruck am Rücken, von dem er wusste, dass er das Ende seiner Reise einleitete.

Als er die Augen aufschlug, sah er die niedrige Balkendecke seines Zimmers, völlig baff, eben noch den Putz vom Gewölbe der Klosterkammer bröckeln gesehen zu haben. Hier, bei ihm, dämmerte es bereits. Berauscht von seinem Erleben betrachtete er seine Hände, die nun wieder aus Fleisch und Blut bestanden und strich über die geblümte Bettdecke, fast erstaunt, wieder haptische Empfindungen zu haben. Die widersprüchlichsten Gefühle tobten in ihm. Einerseits war er nahezu euphorisch, dass es ihm gelungen war, die geheimnisvolle Kammer zu betreten, andererseits war er enttäuscht darüber, dass seine Reise schon wieder beendet war, ohne dass er Damians Verbleib auf die Spur gekommen wäre oder auch nur eine Ahnung davon bekommen hatte, wie ihm die Szene zwischen der Nonne und dem Maler helfen könnte, seinen Freund zu finden.

Während er sich einen Kaffee zubereitete, resümierte Marc: Er konnte seinen Körper verlassen und dann in die Zukunft, in die Vergangenheit, oder in die Gegenwart sehen. Einmal hatte er mit der Projektion der Chimäre ein Ereignis voraussehen können, ein anderes Mal hatte er Marie bei der Vorbereitung für die aktuelle Ausstellung zusehen können und vorhin war er durch das Betreten eines Bildes in die Vergangenheit gereist. Das war ebenso faszinierend wie verwirrend, denn trotz dieser phantastisch anmutenden Möglichkeiten hatte er keinen Hinweis auf Damian gefunden, obwohl Marc sicher war, dass der Freund denselben Weg gegangen war, denn erst dessen Aufzeichnungen und der Zehn-Punkte-Plan zur Außerkörperlichkeit hatten ihn überhaupt auf die Idee gebracht, das Gemälde zu suchen. Damian musste also dasselbe gesehen haben wie er. Doch statt einen Hinweis auf dessen Verbleib zu finden, war Marc Zeuge der heimlichen Liebe zwischen einer Nonne und einem zweitklassigen Maler geworden. Was hatte das mit dem Ursulinen-Schatz zu tun und wie konnte ihn dieses Wissen zu seinem Freund führen?

Er überlegte hin und her, dann fiel ihm wieder Damians Tagebucheintrag ein: *Jeder Pinselstrich ist gemalte Erinnerung.*

Das war die Lösung! Jetzt, nach diesem merkwürdigen Ausflug in das Bild, verstand Marc diesen Satz: Alles was er dort gesehen hatte, war die Erinnerung von Hamo Dagny, das, woran der Maler gedacht haben musste, während er das Bild fertigte. In dem Gemälde steckte das ganz persönliche Bewusstsein des Künstlers, auf das Marc im Zustand der Außerkörperlichkeit Zugriff hatte, indem er es betrat.

Er würde erneut dorthin müssen, um herauszufinden, ob es in dem Gemälde noch mehr Erinnerungen gab. Wahrscheinlich hatte er die entscheidende Information noch gar nicht entdeckt.

Doch was, wenn er immer dieselbe Szene erlebte? Wenn sich Hamos gemalte Erinnerung lediglich auf den Umstand bezog, dass Adéláde eine Kerze ins Fenster stellte, wenn die Luft rein war, ihn zu empfangen?

Marc war begierig auf seine nächste Erkundungstour. Vielleicht musste er sich nur genauer in dem Zimmer umsehen, um das zu entdecken, was Damian dort gefunden hatte.

Am Vormittag telefonierte er mit Marie und verabredete sich mit ihr für den frühen Abend. Im Anschluss erkundete er die Felder in der Umgebung, bis er hungrig genug war, sich im selben Restaurant wie am Vortag einen sahnigen Kartoffel-Gratin zu bestellen.

Den Rückweg zum Hof legte er zu Fuß zurück, eine ordentliche Strecke, nach der er nun endlich auch den Mittag herumgekriegt hatte.

Jetzt war es so weit. Marc ging auf sein Zimmer und leitete seine extrakorporale Reise ein. Die Vibrationen kamen schnell und

Marc begrüßte den lauten Knall, der ihm mittlerweile wie der Startschuss für sein Unternehmen vorkam. Er konzentrierte sich auf sein Ziel und bald befand er sich wieder im Sog des Kerzenlichts. Wie zuvor kam er in Adéládes Kammer. Es wunderte ihn nicht, dass sie, wie schon beim ersten Mal, sehnsüchtig aus dem Fenster sah, aber es beunruhigte ihn. Wie sollte er Damian finden, wenn er hier lediglich Zeuge des immer selben Geschehens wurde? Er hoffte sehr, die Geschichte würde eine Fortsetzung haben. Daher verbot er sich jeden Zweifel an dem, was er sehen würde und jeden Gedanken an seinen Körper, damit er dieses Mal noch länger in dem Geschehen bleiben könnte.

Während Adéláde sich auszog, schaute Marc sich das Zimmer genauer an. Er sah in den Schrank, suchte nach Hinweisen unter dem Bett und nahm auch die Wände ins Visier. Aber nirgendwo fand er Zeichen, die auf einen Schatz hindeuteten. Fast wollte er enttäuscht aufgeben, da geschah etwas Merkwürdiges. Er hatte Adéláde einen Moment nicht im Blick und stieß nun, als sie auf dem Weg zu ihrem Bett war, mit ihr zusammen, vielmehr, er ging durch sie hindurch. Dieses Ereignis kam so unvorhergesehen und ereilte ihn mit einer derartigen Wucht, dass er kaum begriff, was mit ihm geschah. Sein Geist wurde in ihre Seele gerissen und er verschmolz mit ihr zu einem Äon an Unvergänglichkeit. Niemals würde er diesen Augenblick vergessen. Es war eine nicht endende Explosion, die höchste

Ekstase und zugleich die tiefste Trauer. Logik, Gesetze und Gegensätze schienen aufgehoben. Marc war eins mit ihr: Mit dem Kind, mit dem Mädchen, mit der Frau. Er fühlte jeden Schmerz und jede Freude, sah jeden Menschen und alle Orte, die Adéláde je gesehen hatte. Dieses Ereignis überstieg alles, was er je erlebt hatte und er wünschte sich, nie mehr etwas Anderes zu fühlen als diese Verbundenheit. Niemals zuvor hatte er einen Menschen so gut gekannt, nicht einmal sich selbst. Er spürte die Melancholie ihres Wesens, aber auch wie es sich anfühlte so schön zu sein. Er spürte das Gewicht ihrer Brüste und das weiche Haar über ihren Rücken streicheln. Er empfand ihre Unsicherheiten und Ängste, ihre Hoffnung und ihre Abneigungen. Er entdeckte ihre Güte und Freundlichkeit, wusste um ihre Schwächen und Eitelkeiten, sah ihre Liebe, kannte ihren Hass und ihre Unversöhnlichkeit, schmeckte das Aroma jeder Speise, die sie je gegessen hatte, kannte all ihre Zweifel und sah in jeden Abgrund ihrer Seele. Er liebte sie.

Als sie einander durchschritten hatten, legte sie sich auf ihr Bett und starrte traurig an die Decke. Er wusste jetzt warum.

Marc fühlte das bekannte Ziehen im Rücken und trat in sein Wachbewusstsein ein. Doch spürte er noch Adéládes leeren Bauch, das nagende Brennen der Magensäure und das wunde Gefühl in ihrer Brust.

Etienne war tot. Die Nachricht vom Mord an ihrem Cousin hatte Adéláde kurz vor der Abendmahlzeit ereilt. Nie hätte sie es für möglich gehalten, dass die Revolution ihr Leben derart verändern würde. Wie konnte Gott zulassen, dass ein Priester, ein Diener des Guten, getötet wurde? Etienne war nicht einmal gegen die Revolution gewesen, nur den Eid auf die Konstitution schwören, das konnte er seinem Verständnis nach nicht. Die Flucht aus Frankreich schien ihm der einzige Ausweg, aber dafür hatte er mit dem Leben bezahlt, dafür und für seine Treue zu Gott und seinem Amt.

In Adéláde war etwas gestorben. Sie spürte Gott nicht mehr. Essen war ihr unmöglich, wenn der Hunger auch noch so brannte. Sie hatte jede Mahlzeit abgelehnt und darum gebeten, dass heute niemand mehr nach ihr sähe. Allein sein war das einzige, was sie wollte. Allein sein, oder in Hamos Armen weinen. Darum hatte sie die Kerze auf das Fensterbrett gestellt. Bei seiner abendlichen Runde würde er sehen, dass sie ihn treffen wollte und keine der Schwestern sie überraschen würde. Sie lag auf dem Bett und starrte leer aller Gedanken an die Decke. Die Kerze flackerte und der Wind trug den Geruch von warmem Wachs zu ihr hinüber. Ein leichter Jasmin-Hauch wehte von draußen in ihre Kammer, aber der Duft erfreute sie nicht, wie er es sonst tat, sondern erinnerte sie an Grabblumen, an die Kränze all derer, die sie schon beerdigt hatte und daran, dass auch die Blüten der lieb gemeinten letzten Grüße braune Flecken bekamen und unter faulig schwerem Geruch verwelkten.

Etienne war ihr letzter Verwandter gewesen. Nun war auch er nicht mehr da, und so schmerzte sein Tod besonders.

„Du kannst immer auf mich zählen, wenn du mich brauchst", hatte er ihr versprochen, als er damals aufbrach, um eine Gemeinde zu übernehmen, die eine gute Stunde zu Pferde von Le Mans entfernt lag. Zu diesem Zeitpunkt hatte Adéláde gerade ihren Vater beerdigt und das Noviziat begonnen, an dessen Ende sie mit Stolz und Freude in die Gemeinschaft der Ursulinerinnen aufgenommen worden war, mit dem gesamten Erbe einer wohlhabenden Müllerstochter und den besten Absichten für ihre Schülerinnen, die sie unterrichtete. Auch sie hatte hier gelernt und war dankbar, in dem Orden Halt und Sicherheit zu finden. In tiefem Glauben gab sie alles weiter, was man ihr beigebracht hatte und kümmerte sich um die Mädchen, weit über den Unterricht hinaus. Sie tröstete, beriet und betete mit ihren Schützlingen, aber jetzt, nach dem Verbrechen an Etienne, spürte sie nichts mehr. Sie fühlte sich selber wie tot und wenn sich in der Leere ihres Kopfes ein Gedanken formte, dann war es der der Rache.

Sie wünschte sich so sehr, dass Hamo jetzt käme. Ihr Blick hing sehnsüchtig am Fenster, während sie an ihre erste Begegnung dachte. Vor etwa einem Jahr war das gewesen. Sie hatte das Atrium durchquert, in dem Hamo mit einem Wandgemälde beschäftigt war. Eine schlichte Darstellung der Heiligen Ursula, nichts Aufwendiges, nichts Kostspieliges. Mehr eine Dekoration als ein Gemälde, aber ein auffälliges Farbenspiel, das ihren Blick auf sich gezogen hatte. Sie war stehen geblieben und er hatte sich zu ihr umgedreht und gelächelt. Es war ein zugewandtes Lächeln, ein Lächeln, das auf ihre Person reagierte und dann erst auf ihr Interesse an dem Bild. So ein Lächeln war für Adéláde seit dem Tod ihrer Eltern selten geworden und die Wärme seines Wesens hatte sie für ihn eingenommen, genau wie seine schwarzen Locken, seine blauen Augen und die große, imposante Erscheinung. Jeden Tag hatten sie sich ein wenig unterhalten und als seine Arbeit im Kloster beendet war, hatte er täglich darauf gewartet, ob Adéláde vielleicht für den Krankenbesuch einer Schülerin das Kloster verließ. Diese Geduld hatte ihr Herz berührt, sie aber auch in tiefe Zweifel an sich und ihrer Berufung geführt. Wäre Gott nicht enttäuscht von ihr, wenn sie das Kloster verließe, um Hamo zu heiraten? Konnte sie die Schülerinnen im Stich lassen? All das drückte ihr Gewissen schon seit einiger Zeit, aber nun musste sie sich auch noch wegen ihrer Rachegelüste verurteilen, wegen des Wunsches den Mördern Etiennes ins Gesicht zu schießen, ja, sie ergötzte sich an dem Gedanken, Blut spritzen zu sehen. Und weil der Schmerz so groß war, wuchs auch der Groll gegen Gott. Wie konnte er zulassen, dass Etienne diesen gottlosen Bestien zum Opfer gefallen war? Adéláde starrte wieder zur Decke. In ihrem Magen lag ein Stein. Konnte es sein, dass es Gott überhaupt nicht gab?

Marc stand auf und schaute in den Spiegel, um sich seiner selbst zu versichern. Mit einem Schwall kalten Wassers versuchte er, sich von Adéládes Emotionen zu befreien. Er selber war immer Materialist gewesen. Aber die Erfahrungen, die er hier machte, stellten sein Weltbild in Frage.

Er konnte nicht nur seinen Körper verlassen, er konnte sogar in das Bewusstsein einer fremden, längst verstorbenen Frau eintauchen. Er konnte Eins werden mit einem anderen Menschen und er fragte sich, ob er dann nicht auch Eins werden könnte mit allem, in das er in diesem Zustand eintauchte. Hatte er nicht die Farben des Bildes geschmeckt? War er nicht selber zum Leuchten geworden, als er den Schein der Kerze passierte?

Noch immer spürte er den Schmerz der Nonne, die auf ihrem Bett lag und die Existenz des Allmächtigen in Frage stellte, weil er nicht eingegriffen hatte.

Aber was, wenn Gott ganz anders war als die Religionen ihn sich dachten? Was, wenn Gott alles und in Allem war, anstatt darüber zu thronen, wenn er Adéládes Schmerz genauso fühlte wie Marc es jetzt tat? Wenn Gott in seinen Geschöpfen lebte und nur durch sie hindurch eingreifen konnte oder eben nicht? Vielleicht war jeder ein Puzzlestück von Gott und weil niemand davon weiß, bekämpfen sich die Wesen, ohne zu wissen, dass sie damit sich selbst bekämpfen.

Ob die Französische Revolution weniger blutig verlaufen wäre, wenn jeder einmal die Erfahrung des eins Seins mit allem gemacht hätte? Ob es dann überhaupt einen Grund für eine Revolution gegeben hätte?

Marc setzte sich zurück auf das Bett und raufte sich durch die Haare. Langsam kam er wieder bei sich an. Adéládes Schmerz wich seinen eigenen Empfindungen, aber die tiefe Verbundenheit mit ihr blieb. Er machte sich Sorgen, da er nun wusste, dass die Truppen auf Le Mans rückten, um mit Gewalt Gerechtigkeit aufzurichten und dem Volk die Aufklärung zu bringen, ihnen den Glauben zu nehmen, den Glauben an den Gott, der zuließ, dass sie in ihrem Kampf Geistliche töteten, was ja zu glauben durchaus unvernünftig ist. Marc konnte keinen klaren Gedanken fassen. War er nun gläubig geworden, oder fiel seine gerade ersonnene Vorstellung von Gott nicht unter diese Rubrik?

Am frühen Abend traf er Marie in dem gewohnten Café beim Museum. Sie trug ein enges weißes Kleid mit einem langen Schlitz. Das Haar hatte sie zu einem Pferdeschwanz gebunden, der bei jedem ihrer Schritte kokett hin und her wippte. Sie war wirklich süß, aber Marc konnte heute nur an Adéláde denken. Was würde mit ihr geschehen, wenn die Truppen das Kloster stürmten? Würde sie es ihrem Cousin gleichtun und Widerstand leisten? Würde sie in ihrem Wunsch nach Rache eine Dummheit begehen und dabei umkommen?

„Nach dem Essen gehen wir nach Saint Julien", riss Marie ihn aus seinen Gedanken, „es gibt eine Lichtshow mit Musik!"

„In der Kathedrale?", fragte Marc abwesend und schob sich den letzten Bissen eines Kuttel-Gerichts in den Mund.

„Komm einfach mit, du wirst schon sehen", drängte ihn Marie zum Gehen.

Marc spürte ihre Erwartung. Sie war aufgekratzt und ihre Unternehmungslust spiegelte sich in der Dynamik, mit der sie vom Stuhl aufsprang. Ihre zarte Hand ergriff seine und zog ihn energisch durch den Strom der Passanten, der sich durch die schmalen Altstadtgassen schob, hin zur Kathedrale Saint Julien.

Er wusste, dass er glücklich hätte sein müssen, endlich hatte er eine tolle Frau kennengelernt, aber er konnte nicht aufhören an Adéláde zu denken. In Gedanken plante er schon seinen nächsten Trip ins Bild und arbeitete an einer Strategie, wie er möglichst lange im Geschehen bleiben könnte. Wenn es nur möglich wäre, die Eingangsszene zu überspringen, damit er erführe, was nach Hamos Eintreffen geschehen war.

Marie spürte seine Abwesenheit. „Bis du müde?", fragte sie, irritiert über sein plötzliches Desinteresse an ihr.

Marc versuchte sich in einem Lächeln. „Zeig mir einfach die Kirche, dann werde ich schon wieder wach."

Später, als sie in der Kathedrale standen, fühlte Marc sich ein wenig schummrig. Maries Erläuterungen kamen nur gedämpft und wie aus weiter Ferne bei ihm an.

„Ist das nicht erhebend?", schwärmte sie und deutete nach oben, wo sich die Strebepfeiler in schwindelerregender Höhe trafen und ein Kreuzgewölbe formten. „Jede Kirche soll ein Abbild des himmlischen Jerusalems sein, eine Nachbildung der Stadt des Friedens. Deshalb sind Kathedralen so schön, die Menschen sollen einen Eindruck davon bekommen, wie es im Himmel aussieht."

Marc fühlte sich klein und verloren in dem großen Kirchenschiff, die Säulen kamen ihm bedrohlich vor, die Höhe machte ihm Angst und das Gewölbe schien unerreichbar. Die Engel, mit denen der Himmel ausgemalt war, wirkten erstarrt, als wären sie gerade eben beim Musizieren erfroren.

Ob Adéláde auch in dieser Kathedrale gewesen war? Marc stellte sich vor, wie sie vor zweihundert Jahren hier ein Hochamt mitgefeiert haben mochte. Hatte sie sich wie im Paradies gefühlt? Ein kalter Hauch wehte um die Pfeiler und das Stimmgewirr zahlreicher Touristen mischte sich mit dem schweren Duft von Weihrauch, um sich schließlich in der Weite des Raumes zu verlieren.

Marie manövrierte ihn geschickt durch die Menschenmassen ins südliche Seitenschiff. Im Vorbeigehen fiel Marcs Blick auf das Grabmal des Grafen Karl von Anjou. „Mich erinnert hier nicht viel ans Paradies", murmelte er, „außerdem ist es ziemlich überfüllt, was verwundert, wenn man bedenkt wie leer das Paradies sein muss, bei allem, was die Kirche für Sünde hält."

Marie lachte. „Ach, das nehme ich nicht so ernst, man muss nur auf sein Gewissen hören."

Ihre Worte ließen Marc aufhorchen. „Du setzt dich mit Glaubensfragen auseinander?"

Marie winkte ab und deutete auf ein buntes Glasfenster. „Das ist die älteste Glasmalerei der ganzen Kathedrale. Neunhundert Jahre alt, kannst du dir das vorstellen?"

Marie erwartete keine Antwort und verharrte in Ehrfurcht vor der Malerei, die eine Himmelfahrtsszene zeigte.

Marc setzte sich auf einen Stuhl und starrte auf den Boden. Ihm war tatsächlich nicht wohl. Die tiefstehende Abendsonne streute ihr Licht durch das Fenster und verzauberte den Steinboden in einen bunten Teppich aus gewebtem Licht. Jeder Quadratzentimeter anders. Marie folgte seinem Blick.

„So ist das mit uns Menschen", sagte sie, als hätte sie seine Gedanken gelesen, „Gott ist Licht und wir sind seine Projektionen."

Ihre Worte hallten durch das Seitenschiff und Marc hatte Mühe klar zu bleiben. Alles um ihn herum schwirrte und floss ineinander. Maries Stimme, das Licht, die Gerüche, die Kälte der Wände und die Hitze seines Kopfes. Hatte er sich einen Virus eingefangen oder waren seine Ausflüge in die körperlose Welt am Ende schädlich?

Marie legte ihre Hand auf seine Schulter. „Geht es dir nicht gut?"

Marc wollte kein Aufsehen. „Nein, nein, alles in Ordnung, log er, „ich brauche nur einen Augenblick Ruhe."

Marie knetete hilflos ihre Finger. „Soll ich dich nach Hause fahren?

„Nein", wehrte Marc ab, denn er wollte Marie nicht enttäuschen, sie gab sich so viel Mühe, ihm ihre Stadt zu zeigen, „lass' uns draußen ein Plätzchen suchen, hier drinnen ist es auf einmal so kalt."

Verwundert folgte Marie ihm ins Freie. Dort setzten sie sich auf die Stufen unterhalb der Kathedrale, um auf den Beginn des Spektakels zu warten, was aber noch eine Weile dauern konnte, wie Marie anmerkte, denn eine Lichtshow bedürfe schließlich der Dunkelheit. Sie befühlte seine Stirn. „Du bist ganz heiß", stellte sie besorgt fest, „vielleicht legst du dich doch besser ins Bett."

Marc hätte diesen Vorschlag nur zu gerne angenommen, denn eine schwer auszuhaltende Unruhe hatte ihn erfasst. Es zog ihn förmlich in sein Bett, er wollte zurück in das Bild, er musste zu Adéláde, hinein in diese andere Realität, aber nicht wie zu Beginn, um Damians Spur zu folgen, sondern wegen der Nonne. Er musste wissen, was aus ihr geworden war und konnte kaum an etwas Anderes denken.

Nervös rutschte er auf den warmen Sandsteinstufen hin und her. Am liebsten wäre er aufgesprungen und gegangen, aber das wäre mehr als unhöflich gewesen. Nahezu mechanisch antwortete er auf ihr Angebot, ihn ins Bett zu verfrachten, „nein, ich bleibe noch ein bisschen."

Marie lächelte erleichtert.

Es dämmerte und langsam füllten sich auch die anderen Stufen mit Menschen, die die *Nacht der Chimären* von hier aus erleben wollten. Hier und da küsste sich ein Pärchen und Marc merkte wie widersinnig seine Gedanken an Adéláde waren, da die reizvolle Marie neben ihm saß, die erste Frau seit Jahren, mit der er ein Rendezvous hatte und deren Küsse genauso hungrig gewesen waren wie seine. Was war nur mit ihm los?

Die laue Abendluft wehte Maries Duft in seine Nase. Er nahm ihre Hand und sie zog seinen Kopf in ihren Schoß. „Leg' dich ein wenig hin und ruh dich aus."

Marc sank auf die weichen Schenkel und Marie begann durch seine Haare zu kraulen. Sanft glitten ihre Fingernägel über seine Kopfhaut und ein wohliger Schauer durchfuhr ihn. Er schloss die Augen und gab sich ganz Maries Zärtlichkeit hin. Langsam entspannte er sich und begann fast automatisch mit seiner Außerkörperlichkeitsübung. Ganz allmählich fiel sein Körper in den Fieberschlaf, während sein Geist wach blieb und von außen beobachtete, wie Marie ihre Hand an seine Wange legte und über seinen Schlummer lächelte.

Marc stellte sich neben Adéládes Bett und betrachtete ihr schönes, trauriges Gesicht. Er widerstand der Versuchung, sich zu ihr zu legen, in sie hinein zu dringen, um erneut die Erfahrung der Verschmelzung zu machen. Stattdessen wartete er auf das Geräusch, das sie zum Aufspringen bewegen würde.

Als es so weit war und Hamo die Kammer erstieg, zog Marc sich an die Wand zurück und beobachtete von dort die Szene. Adéláde weinte und erzählte Hamo von dem Brief. Er wischte ihr die Tränen ab und nahm sie in den Arm. Sie saßen auf ihrem Bett und er wiegte sie wie ein Kind in seinen Armen, während er mit seinen Gedanken woanders zu sein schien. Sein Gesicht war ernst und Marc erkannte darin dieselbe Sorge, die auch ihn umtrieb. Die Revolutionstruppen würden das Kloster stürmen.

„Komm mit mir, wir gehen fort", sagte Hamo, „wir könnten heiraten und glücklich sein."

Marc nickte bekräftigend und rief „ja, geh' mit ihm, am besten gleich."

Beide rissen den Kopf hoch und lauschten irritiert in den Raum.

Marc erschrak zunächst, denn er glaubte, dass Adéláde und Hamo ihn gehört hatten, wurde aber im selben Augenblick der Schritte gewahr, die sich eilig der Zellentür näherten. Die Blicke galten nicht ihm, sondern dem Geräusch im Gang.

Hastig befreite Adéláde sich aus Hamos Armen und drängte ihn zum Fenster, doch es klopfte bereits laut und hektisch an der Tür.

„Adéláde, *Adéláde dêpeche-toi*, beeil dich!"

Adéláde wurde nervös. Es war zu spät, Hamo aus dem Fenster zu schicken und die Strickleiter verschwinden zu lassen. Sie wies ihn mit einer Handbewegung in den Schrank, aber schon wurde die Klinke gedrückt. Die Oberin und zwei weitere Schwestern stürmten in die Kammer. Sie waren völlig aufgelöst und hatten große Eile, Adéláde mit sich aus der Kammer zu ziehen, kaum, dass diese sich ihren Habit überwerfen konnte. Hamos Anwesenheit ging in dem Durcheinander fast unter, das eilige Manöver pausierte nur für einige Wimpernschläge, als es einen kurzen, wenn auch irritierten Blickwechsel zwischen den Schwestern und Hamo gab. Offenbar waren die gefürchteten Truppen schon im Anmarsch und der Maler in Adélades Kammer eine nebensächliche Gefahr. Die Oberin besann sich kurz und forderte Hamo dann ohne große Erklärungen auf, ihnen zu helfen. „Wir müssen unser Hab und Gut in Sicherheit bringen", rief sie atemlos, „die Revolutionstruppen sind kurz vor der Stadt!"

Marc ließ sich von dem fieberhaften Geschehen anstecken. Er hatte sofort begriffen, dass er hier die Szene erlebte, die Damian in seinen Aufzeichnungen mit der kurzen Notiz *Die Schwestern mussten sich sehr beeilen* festgehalten hatte. Die Vier machten sich demnach gerade auf, den legendären Ursulinen-Schatz zu verstecken und Hamo half ihnen dabei. Endlich hatte Marc die Spur aufgenommen! Voller Enthusiasmus schloss er sich der Gruppe an, denn wenn er in Erfahrung brächte, wo der Schatz versteckt werden würde, wüsste er wo Damian zu finden war. Doch seine Hoffnung wurde jäh enttäuscht. Gerade als er den Vieren durch die Tür folgen wollte, verschwanden sie im Nichts. Das Bild hörte hier auf. Marc starrte verwirrt in die Leere jenseits der Kammer. Dann spürte er eine Hand an seiner Wange, die ihn wie zum Trost streichelte.

„Adéláde?"

Marie sah ihn besorgt an. „Phantasierst du?" Ihre kühle Hand legte sich auf seine Stirn. „So heiß fühlst du dich gar nicht an."
Marc stieß ihre Hand zur Seite und schoss vom Liegen in den Stand.

Was sollte er jetzt machen? Wie sollte er Damian finden, wenn das Bild nicht zuließ, das Zimmer zu verlassen?

„Du hast geträumt", versuchte Marie ihn zu beruhigen, „du bist in meinem Schoß eingeschlafen."

Marc drehte sich verwirrt im Kreis. Mittlerweile war es dunkel geworden. Sein Blick fiel auf die Kathedrale. Das hundertfach gebrochene Licht der Buntglasscheiben, das sonst die Farben des Paradieses auf die alten Steinböden des Kircheninnern warf, erstrahlte auf der Kirchen-Fassade. Das Innen war nach außen gekehrt, die Vielfalt des Himmels leuchtete über dem Portal, musizierende Engel, die eben noch ihr wenig beachtetes Dasein starr und leblos an der Kirchendecke gefristet hatten, schwebten lebendig über das Tympanon und die Fassade schillerte in unzähligen Nuancen zwischen ultraviolett und rubinrot, changierte von grellgelb zu jadegrün. Sogar die eleganten schmalen Strebebögen und Fialen dienten als Projektionsfläche für den Sieg des Guten über das Böse. Drachen stürzten zu Boden und die weiße Himmelskönigin leuchtete in ätherischer Reinheit über Le Mans.

Marc war nicht sicher, ob er wirklich wach war. Entgeistert starrte er auf die Lichtshow.

Marie streichelte seinen Arm, „die Anderen können nichts sehen", flüsterte sie, „du stehst im Weg." Sie zog ihn wieder zu sich auf die Stufen und Marc begriff, dass die Chimären echt waren. Musik begleitete das Spektakel und holte ihn Takt für Takt in die Realität zurück.

Am Ende des Abends lag Marc mit Schüttelfrost im Bett. Er trank heißen Tee und nahm Vitamin C. Mehr konnte er bei einem Virus nicht machen. Während seine Körpertemperatur stieg und das Zittern langsam nachließ, schlief er ein. Es folgte eine traumlose Nacht und er verschlief den ganzen nächsten Tag, unterbrochen von Naseputzen, Teetrinken und einem Anruf von Marie.

Am übernächsten Tag ging es ihm etwas besser und er befand sich in einem Zustand, den er für seine metaphysischen Ausflüge sogar als vorteilhaft empfand. Er lag matt und schläfrig im Bett, auf dem Nachttisch Tee und Kekse. Die Fensterläden und der geblümte Vorhang dunkelten den Raum ausreichend ab und so nahm er seine Übungen wieder auf.

Zu seinem Unmut schlief er bei zwei Versuchen ein und ein drittes Mal träumte er lediglich von einem geflügelten Mischwesen, das aus Adéláde und Marie bestand und ihn unter dem Gesang eines Engelchors in den Himmel trug, der aber nur aus einer baufälligen Kirche bestand, von deren Gewölbedecke der Putz bröckelte.

Marc wurde ungeduldig und die Unruhe vom vorvergangenen Abend nahm wieder Besitz von ihm. Was war mit Adéláde geschehen und wo hatten die Nonnen den Schatz versteckt? Es machte ihn ärgerlich, dass er diese Bewusstseinsreisen nicht nach Belieben steuern konnte.

Auf der anderen Seite fragte er sich, ob es in dem Bild überhaupt noch etwas Neues zu entdecken gab. Er kannte die Kammer in und auswendig und hinter der Tür ging es nicht weiter.

Mit angezogenen Knien saß er auf dem Bett und grübelte. Es *musste* einen Hinweis geben, sonst hätte Damian den Schatz nicht finden können.

Als es dämmerte, gelang ihm endlich der ersehnte Ausflug in Adéládes Kammer. Das Geschehen nahm seinen Lauf, genau so wie Marc es kannte und erwartet hatte und es gab auch bei größter Aufmerksamkeit nichts Neues zu entdecken.

Erst als Hamo das Fenster erklomm, kam Marc die zündende Idee und er wunderte sich, dass er nicht schon früher darauf gekommen war. Er war einfach zu sehr auf Adéláde fixiert gewesen und hatte gar nicht an Hamo gedacht. Wenn er durch Adéládes Bewusstsein schreiten konnte, dann auch durch das von Hamo. Wer, wenn nicht der Maler selbst, wüsste, wohin in jener so dramatisch in Szene gesetzten Nacht die Schätze der Ursulinen-Schwestern verbracht worden waren?

Befeuert von seinem Einfall trat Marc Hamo entgegen, wenn auch mit einem leichten Zögern, denn das Verschmelzen mit Adèládes Bewusstsein war zufällig geschehen. Hamos Geist mit Vorsatz anzuzapfen war ein Unternehmen, das ihn etwas Mut kostete, denn er wusste um den gewaltigen Sog, mit dem diese Erfahrung verbunden war, nicht aber, was ihn in Hamos Seele erwartete und ob er damit verschmolzen werden wollte. Doch die Entscheidung war getroffen. Entschlossen schritt er durch Hamo hindurch.

Es erwischte ihn wie eine Welle. Marc wurde von Eindrücken umspült, die ihn weit in die Vergangenheit des Malers reißen wollten. Er erspürte schon die Schemen einer Kindheit im Haus eines Möbelschreiners, roch den angenehmen Duft frischer Holzspäne, fühlte die Leiden eines Pubertierenden und litt mit dem Maler an seinem mittelmäßigen Talent, das ihm nur Aufträge als Dekorationsmaler einbrachte. Doch dann wehrte Marc sich, noch tiefer in die Lebensgeschichte Hamos gezogen zu werden. Schließlich wollte er lediglich das Wissen über das Versteck des Schatzes abfragen, weshalb er seine Konzentration mit aller Kraft auf die Geschehnisse jener Nacht lenkte und bald gelang es ihm, in genau die Erinnerungen einzutauchen, die ihn interessierten, ja, er verschmolz geradezu mit den Erlebnissen, ganz so, als wären es seine eigenen.

Er spürte sich in Lederstiefeln, mit kräftigen Schritten über den Steinboden des Klosters schreiten und sah vor sich die Schwestern durch die Gänge eilen. Adéláde trug ihre Tracht, doch das Haar fiel ihr offen über die Schultern, da ihr zum Aufsetzen der Haube keine Zeit geblieben war. Sie trug eine Öllampe, die Oberin eine hell leuchtende Fackel.

Es ging hinunter in das Atrium, vorbei am Wandbild Hamos, das das Martyrium der Hl. Ursula und ihren Jungfrauen darstellte und von dort eine andere Treppe hinauf in einen kleinen Raum, in dem bereits fünf Holztruhen fertig zum Abtransport standen.

„Wir müssen uns beeilen, mahnte die Oberin, „aber seid um Himmels Willen leise! Die Anderen dürfen nicht wach werden. Je weniger davon wissen, was wir vorhaben, desto geringer die Gefahr, dass man das Versteck aus ihnen herauspresst!"

Unter angespanntem Schweigen griffen Hamo und die Oberin nach den Metallhenkeln einer Truhe. Zwei weitere Schwestern bemächtigten sich der nächsten Kiste.

Adéláde stellte ihre Lampe auf einen gewaltigen Eichentisch, der sich mittig durch den ganzen Raum zog und um den man umständlich herumlaufen musste. Das Licht fiel auf einige Preziosen, die dort hastig abgelegt schienen: Umgefallene Silberleuchter, eine Monstranz, eine Holzfigur, goldene Schalen und weitere Gegenstände, die der mäßige Schein der Lampe nicht mehr erfasste.

Adéláde hatte ihre Laterne gegen die helle Fackel der Oberin getauscht und leuchtete der kleinen Gruppe den Weg hinab in den Keller.

Marc spürte die Kälte auf Hamos nackten Unterarmen und roch den Duft eines Schinkens, der an einem Haken von der Decke baumelte. Auf dem Tisch lag das Viertel eines Käselaibs. Mehr Vorräte gab es hier nicht und Marc wusste noch aus der Verschmelzung mit Adéláde, dass der Rest von den Schwestern an die Kinder, die hier die Schule besuchten, verteilt worden war. Nichts davon sollte den plündernden Truppen in die Hände fallen, noch den marodierenden Konterrevolutionären.

Im hinteren Bereich des Kellers waren unzählige Holzscheite an die Wand gestapelt. Einen Teil davon trugen die Schwestern hastig ab und bedeuteten Hamo, die zum Vorschein kommende Bodenklappe zu öffnen. Die schweren Eisenbeschläge ließen sich jedoch nicht bewegen.

Adéláde eilte davon, um bald darauf mit einem Krug Öl zurückzukommen. Hamo gab sein Bestes, den Riegel zu lösen.

Als am Ende alles Schmieren nicht half, schlug er mit einem kräftigen Holzscheit gegen den Riegel, der endlich nachgab.

Aus der dunklen Öffnung drang ein feucht modriger Geruch und ließ ahnen, dass es tief hinunterging. Marc fühlte Hamos Gedankenjagd nach einer Idee, wie man die fünf Kisten dort hinunterschaffen könnte. Während er überlegte, beeilten sich die Nonnen, die nächste Truhe zu holen. Adéláde folgte ihnen und kam bald darauf mit einer geschnitzten Muttergottes zurück, die sie zu den Kisten stellte.

„Ist dir etwas eingefallen, wie wir die Sachen dort hinunter bekommen", fragte sie hastig, „soll ich etwas Bestimmtes herbeischaffen?"

„Bring mir so viele Bettlaken, wie du auftreiben kannst. Wir knoten sie aneinander und lassen die Truhen nach und nach herab."

Adéláde tat, wie ihr geheißen.

Als die ersten beiden Kisten hörbar unten aufgesetzt hatten, schickte die Oberin Adéláde nach einem Maurer namens Michel. Marc spürte Hamos Sorge darüber, dass seine Geliebte des Nachts allein durch die Straßen laufen sollte. Wozu ein Maurer? Der Maler wollte den Gang selbst übernehmen, aber die Oberin lehnte ab. „Sie sind stark, ich brauche Sie hier. Adéláde ist von uns am wenigsten geeignet, die anderen Kisten zu schleppen. Wir benötigen jetzt jede kräftige Hand." Und mit einem Blick auf Hamos unmutigen Blick fügte sie hinzu „außerdem ist Adéláde dem Herrn geweiht. Niemand wird das missachten, nicht wahr, junger Mann?"

Hamo wich unter dem geringschätzigen Blick der Nonne einen Schritt zurück, ärgerte sich aber, dass er deren Anweisungen nichts entgegenzusetzen wusste. Widerwillig und voller Sorge half er bei der Versenkung der Schätze und seine Erleichterung war groß, als Adéláde und der Maurer fast zeitgleich mit der letzten heruntergelassenen Truhe eintrafen. Michel hatte einen Eimer frischen Mörtel in der einen und eine Kelle in der anderen Hand. Offenbar wusste er genau, was von ihm erwartet wurde.

Die Oberin brachte eine lange Leiter und wies den Maurer und Hamo an, nach unten zu klettern. Die Nonnen wurden zurück in ihre Kammern geschickt.

Hamo kletterte mit einer Mischung aus Unbehagen und Neugier in das dunkle Loch, unsicher, ob die dünne Holzleiter ihn und den kräftigen Maurer aushalten würde. Als er unten war, warf Michel ihm eine brennende Fackel hinunter. Hamo nahm sie auf und sah, dass er sich in einem unterirdischen, sehr schmalen Tunnel befand. Nur der Bereich, über dem die Klappe eingelassen war, war breit und bot genug Platz für die Truhen. Der Maurer kam etwas schwerfällig hinterher geklettert.

„Wir müssen die Kisten nach und nach durch die Gänge tragen", wies er Hamo keuchend an, „es gibt dort ein vorbereitetes Versteck. Hier, direkt unter dem Kloster, könnten sie zu leicht entdeckt werden."

Hamo wurde unruhig. Er hatte gedacht, dass die Hauptarbeit bereits getan wäre, musste aber erkennen, dass noch ein gewaltiges Stück Anstrengung vor ihnen lag.

Als hätte Michel diese Situation schon mehrfach geprobt, legte er zügig Hand an die erste Truhe und bedeutete Hamo, ihm zu helfen.

Unter großem Kraftaufwand und nur so schnell wie es das Gewicht zuließ, schleppten sie die mit Münzen beladene Kiste durch die Gänge.

Hier und da gab es einen Abzweig und der Boden war uneben und matschig. Alleine hätte Hamo sich hier verlaufen, aber Michel kannte sich aus, als wären die Gänge sein Zuhause. Die Fackel lag auf der Truhe und leuchtete ihnen den Weg. Der Deckel war von der Flamme schon leicht angekohlt als der Tunnel sich zu einer kammerartigen Ausbuchtung verbreiterte und der Maurer zum Absetzen aufforderte. Hamo sah sich um und entdeckte in der Wand eine kleine, niedrige Aushöhlung, in der einige unterschiedlich zugesägte Bretter lagen. Auf Hamos fragenden Blick antwortete Michel nicht, sondern entnahm – als wäre dies Erklärung genug – lediglich die Bohlen aus der kleinen Höhle und lehnte sie gegen die Wand. Dann forderte er Hamo auf, ihm mit den restlichen Kisten zu helfen.

Als sie die fünfte Truhe abholten, hörten sie von oben Stimmengewirr. Militärische Befehle, empörte Frauenstimmen und eiliges hin-und-her-Rennen. Die Leiter wurde hastig umgestoßen und die Klappe zugeschlagen. Hamo erschrak. Er hörte, wie die Holzscheite eilig über die Bodenluke gestapelt wurden. Die Truppen waren also in die Stadt eingedrungen und hatten sofort das Kloster besetzt. Was würde mit Adéláde geschehen?

„Wie kommen wir hier wieder heraus?", wollte Hamo wissen und sah den Maurer beschwörend an, „meine Adéláde ist da oben!"

Michel reagierte nicht.

„Sie ist schön, verstehst du nicht?"

Michel zuckte mit den Schultern, „ich habe einen Auftrag und der ist noch nicht erledigt. Alleine kann ich das nicht und je mehr wir uns beeilen, desto eher kann ich dir einen Ausgang zeigen."

Hamo wäre dem Maurer gerne an die Kehle gegangen. Was interessierte ihn das Gold und Silber der Nonnen, wenn seine Adéláde dort oben Hilfe brauchte!

„Hast du nur Geld im Sinn?" schrie er und spielte einen Augenblick mit dem Gedanken, sich die Fackel zu schnappen und einfach wegzulaufen. Doch in welche Richtung hätte er gehen sollen? Er kannte sich in dem Tunnelsystem nicht aus und hätte sich nur verirrt. Hamo hatte keine andere Wahl als dem Maurer zu helfen. Er blickte noch einmal hoch zur Klappe. Dort war es ruhig geworden. Keine Schritte, keine Stimmen.

So folgte Hamo Michel widerwillig zu der Wandöffnung.

Als sie die Truhen darin verstaut hatten, begann Michel die Bretter in die Öffnung zu stemmen. Jemand musste sie genau auf die erforderlichen Maße gebracht haben, denn sie saßen fest zwischen Ober- und Unterkante der Höhlung. Nur am Rand ließ Michel noch eine Lücke und verschwand dann einfach mit der Fackel im Dunkel der Gänge. „Warte hier", rief er knapp, „ich hole den Mörtel."

Hamo dachte nicht daran, allein zurück zu bleiben und folgte Michel. Der lachte spöttisch „ich lasse dich schon nicht hier unten." Er griff sich den Eimer mit dem Mörtel und drückte Hamo die Madonna in den Arm. „Hier, pass gut auf sie auf."

Sie liefen zurück und Michel deutete auf die frei gelassene Öffnung in der Bretterwand. „Stell' Maria hier hinein."

Hamo betrachtete die Muttergottes trotz der gemahnten Eile. Im flackernden Fackellicht schien ihr Lächeln lebendig und die rot kolorierten Wangen umso rosiger. Mantel und Gewand waren in intensivem Blau und tiefem Rot gehalten, darüber wertvolle Blattgold-Verzierungen. Hamo zögerte, die Figur in die feuchte Höhle zu legen. „Sie ist wohl schon fünfhundert Jahre alt. Wenn wir sie hierlassen, übersteht sie kaum ein Jahr", aber Michel drängte zur Eile „mach schon, mitnehmen kannst du sie nicht."

Er bekreuzigte sich vor der Madonna und murmelte ein Gebet. Dann deutete er auf die Öffnung „kriegst auch ein Goldstück von der Oberin, wenn du jetzt vorwärts machst."

Widerwillig stellte Hamo die Holzskulptur zu den anderen Schätzen in das feuchte Loch. Michel fügte die fehlenden Bretter in die Lücke und verschloss die Fugen mit Mörtel. Einen Rest davon mischte er mit Lehm, den er von dem matschigen Fußboden aufnahm und verputzte damit die Bretterwand.

Sobald der Lehm etwas abgetrocknet war, würde man die Stelle nicht mehr vom Rest der Wand unterscheiden können und niemand würde ahnen, dass sich ein Schatz dahinter befand.

Zum Abschluss ritzte der Maurer ein kleines Kreuz in den Putz.

„Damit die Schwestern das Versteck auch finden."

Hamo trat ungeduldig von einem auf den anderen Fuß. Es interessierte ihn wenig, ob die Nonnen ihr Hab und Gut wiederfinden würden. Er dachte nur an Adélade, wie es ihr im Augenblick erging und was die Revolutionstruppe dort oben treiben mochte. „Wie kommen wir jetzt hier raus?", presste er unter mühsamer Beherrschung seiner Wut heraus.

Michel grinste, „ich weiß einen Weg, „er deutete in den finsteren Gang, der in die Gegenrichtung vom Kloster führte, „aber ich muss dir leider die Augen verbinden." Er zog ein Tuch aus seiner Joppe und bat Hamo, sich zu ihm hinab zu beugen. „Betrachte es als deine Lebensversicherung."

Hamo fühlte sich unwohl. „Ich würde mich hier unten selbst bei Festbeleuchtung nicht zurechtfinden."

Michel ließ sich nicht bitten. „Geht nicht anders."

Als Hamo den kratzigen Stoff auf seinem Gesicht spürte, schoss sein Puls in die Höhe. Was, wenn der Maurer ihn hier einfach zurücklassen würde?

Doch schon griff Michel nach ihm und zog ihn an seiner von Lehm und Mörtel feucht-schmutzigen Hand durch die Gänge.

Eiligen Schritts ging es vorwärts, mal links, mal rechts, mal eine leichte Steigung hinauf. „Du musst achtgeben, dass du den Truppen nicht gleich in die Arme läufst", mahnte der Maurer, „nicht, dass sie dich fragen, was du spät nachts noch draußen treibst."

„Und wenn schon", murmelte Hamo, beruhigt, dass der Mann tatsächlich vorhatte, ihn hier heraus zu bringen, „ich habe nichts zu verbergen. Musst nicht eher du aufpassen?"

Michel antwortete nicht und Hamo wünschte, er hätte den letzten Satz heruntergeschluckt.

Nach einigen Abzweigungen wurde der Boden immer feuchter, bis sie im Wasser wateten. Endlich dann, nach einer endlos scheinenden Weile, stiegen sie über eine steile Treppe nach oben und Hamo hörte, wie Michel ein Gitter aufschloss. Bald darauf vernahm er ein rostiges Quietschen, so wie er es von der Bodenklappe im Kloster kannte.

„Streck' die Arme nach oben", forderte Michel ihn auf.

Hamo tat, wie ihm geheißen und ertastete direkt über sich den Rand einer Öffnung. Er mutmaßte, dass es sich um eine ähnliche Luke wie im Kloster handelte, nur, dass es hier weniger tief hinunterging. Michel griff nach dem Fuß des Malers und half ihm auf eine Sprosse, die in die Wand eingelassen war. „Steig hoch, aber komm nicht auf die Idee, die Augenbinde zu entfernen!"

Bald darauf wurde Hamo durch ein Haus geführt. Das Ganze ging so schnell, dass er kaum Zeit hatte, darauf zu achten, ob der Fußboden aus Stein oder aus Holzdielen bestand und er hatte keine Gelegenheit seine Sinne darauf zu richten, wie es roch, ob das Haus bewohnt war, ob es sich um eine Werkstatt oder einen Laden handelte. Er hatte schlicht keine Ahnung, wo er sich befand.

Es ging eine Treppe hoch, dann ein paar Schritte vorwärts und schon stand er auf der Straße. Er spürte die frische Nachtluft über seinen schweißnassen Nacken wehen und atmete dankbar tief ein. Nach wie vor durfte er die Binde nicht abnehmen und wurde noch einige Straßen weitergeführt, offenbar in sichere Entfernung zu dem Haus, in das sie eingestiegen waren. Schließlich flüsterte Michel, „geh' jetzt nach Hause und vergiss was du gesehen hast."

Hamo spürte, wie der Maurer ihm eine schwere Münze in die Hand drückte, dann hörte er, wie sich dessen Schritte entfernten. Hamo löste die Augenbinde. Er musste so schnell wie möglich zum Kloster zurück. In nicht allzu großer Entfernung sah er den Episkopalpalast. Daran konnte er sich orientieren.

Marc wachte auf. Sein erster Gedanke war: Adéláde! Er sorgte sich nicht minder um sie als der Maler es tat. Obwohl es ihm diesmal gelungen war, den Zustand der Außerkörperlichkeit lange aufrechtzuerhalten, hatte es doch nicht gereicht, um in Erfahrung zu bringen, wie es Adéláde ergangen war, nachdem die Revolutionstruppe das Kloster eingenommen hatte.

Sein zweiter Gedanke war: Die Madonna! Er hatte soeben erlebt, wie Hamo das Schnitzwerk, das über zweihundert Jahre später in Damians Haus wiederaufgetaucht war, in der feuchten Wandöffnung versteckt hatte. Jetzt wusste er auch, warum er sie in einem derart desolaten Zustand vorgefunden hatte.

Er war euphorisiert. Seine Mission war geglückt! Er hatte es geschafft, an die gewünschten Informationen zu gelangen. Was er erlebt hatte, war unfassbar. Er spürte noch Hamos Erleichterung, den unterirdischen Gängen entkommen und wieder an der frischen Luft zu sein, vor allem aber Adéláde zur Hilfe eilen zu können, doch die Emotionen des Malers verflogen schnell und wichen Marcs eigener Unruhe. Das Wichtigste hatte er nämlich immer noch nicht herausgefunden. Trotz des Miterlebens jener Nacht aus der Perspektive Hamo Dagnys wusste er nicht, wo sich heute ein noch existierender Zugang zum Tunnelsystem befand. Was nützte ihm das Wissen um eine Einstiegsluke in einem abgebrannten Kloster oder die Kenntnis einer weiteren Klappe in einem Haus, von dem selbst Hamo nicht wusste, wo es sich befand? Der Maler hatte schließlich nichts sehen können und in diesem Augenblick nur an Adéláde gedacht - nicht daran, das Haus Michels wiederzufinden. Es war ohnehin zweifelhaft, dass es sich dabei überhaupt um die Wohnstätte des Maurers gehandelt hatte. Wäre dem so gewesen, hätte er Hamo die Augenbinde nicht anlegen müssen, denn es dürfte in Le Mans kein Geheimnis gewesen sein, wo der Maurer wohnte. Hamo hätte sich nur durchfragen müssen.

Offenbar hatte niemand je versucht den Schatz zu bergen. Weder die Schwestern, noch Michel oder Hamo. Es war Damian, der ihn Jahrhunderte später gefunden hatte. Aber wie war er an die Information für einen Einstieg gekommen?

Marc wälzte sich unruhig in den Kissen, unschlüssig, was er nun mit seinem neuen Wissen anfangen sollte. Um Damian zu finden, musste er in Erfahrung bringen, ob es das Haus, durch das Hamo ins Freie geführt worden war, noch gab, und wenn ja, wo es stand. Möglicherweise barg es den letzten Zugang zu den unterirdischen Gängen. Anders konnte auch Damian die Sache nicht angegangen sein. Allerdings würde sich die Suche schwierig gestalten, denn er wusste nur, dass das Gebäude sich in Sichtweite irgendeines Palastes befunden hatte, dem Episkopalpalast, wie er sich zu erinnern meinte.

Am liebsten wäre er sofort in das Bewusstsein des Malers zurückgekehrt. Vielleicht gäbe es ein Detail zu entdecken, das ihm auf die Sprünge half, doch Marc wusste, dass ihm zwei extrakorporale Ausflüge hintereinander nicht gelingen würden.

Allmählich hatte er Erfahrung gesammelt, wann die Außerkörperlichkeitsreisen funktionierten und wann nicht. Niemals gelang ihm ein Trip beim Einschlafen am Abend, sondern meistens nach dem ersten Aufwachen in der Nacht, oder in den frühen Morgenstunden. Auch ein Schläfchen zwischendurch, wie auf der Treppe von Saint Julien, war geeignet.

Jetzt aber war es Zeit zum Aufstehen. Er rieb sich den Schlaf aus den Augen und ging ins Duschbad. Er hatte den Eindruck, dass das Fieber zurückgegangen war, allein sein Kreislauf schwächelte noch. Er duschte heiß und kalt im Wechsel, dann ließ er sich das warme Wasser über den Kopf laufen und dachte darüber nach, wie sehr die Erlebnisse der letzten Tage seine Weltsicht verändert hatten. Einmal mehr hatte er den Eindruck, dass alles und jedes miteinander verwoben war. Es faszinierte ihn, sich an das Bewusstsein anderer ankoppeln zu können und er fragte sich, ob dies auch mit Marie möglich wäre. Könnte er alles über sie in Erfahrung bringen, so wie er auch jedes Detail aus Adèlàdes Leben wusste? Musste er sie dazu lediglich im Außerkörperlichkeits-Zustand aufsuchen und durch sie hindurchgehen?

Marc wagte nicht, sich auszudenken, welche Konsequenzen eine solche Begegnung hätte: Sich in die Seele eines Mitmenschen zu schleichen, ohne vorher um Erlaubnis zu bitten. Das wäre moralisch nicht vertretbar und er entschied, es erst gar nicht auszuprobieren. Er glaubte, dass dies ohnehin nur mit dem Bewusstsein Verstorbener möglich war. Vielleicht erklärte dieses Phänomen sogar den Eindruck mancher Menschen, schon einmal gelebt zu haben und die Erinnerungen an ein vergangenes Leben waren in Wahrheit die Erinnerungen fremder Leute, die sich aus noch unerforschten Gründen dem Experimentierenden aufdrängten.

Aber wie musste man sich das vorstellen? Schwirrte das Bewusstsein einfach so herum? Wo befand es sich, wenn es nicht an ein Gehirn gebunden war? Vor ein paar Tagen hatte er seine Freunde in der Kölner Altstadt einfach stehen lassen, weil er das Thema absurd fand. Jetzt konnte er gar nicht damit aufhören, Thesen aufzustellen und sehnte dem Tag entgegen, an dem er sich wieder mit den Kollegen austauschen konnte.

Marc schüttelte das Wasser aus den Ohren und wand sich das Frotteetuch um. Zurück in seinem Zimmer setzte er sich ans offene Fenster und trank einen Kaffee. Er fühlte sich nicht mehr krank, aber auch nicht richtig gesund. Seine Gedanken kamen nur schleppend in Gang. Wie hatte Damian das Haus mit dem Zugang zum Tunnelsystem gefunden? Er konnte schlecht jedes Gebäude in der Nähe des Episkopalpalastes besucht und gefragt haben, ob er einmal den Keller besichtigen könne. Wahrscheinlich hatte er sich Pläne besorgt und ganz gezielt ein paar Häuser ausgewählt, deren Grundmauern bereits im 18.

Jahrhundert gestanden hatten. Aber wo waren diese Pläne geblieben?

Marc starrte aus dem Fenster. Er fand den Gedanken, die nächsten Tage in Archiven zu verbringen, um die Lage eines historischen Palastes zu recherchieren derart langweilig, dass er das Gefühl hatte, das Fieber würde augenblicklich wieder ansteigen.

Entmutigt ließ er den Kopf auf das Fensterbrett sinken. Es konnte einfach nicht sein, dass es so schwer war Damian zu finden. Er hatte die Naturgesetze außer Kraft gesetzt, hatte die Grenzen seines Körpers überschritten, aber all das war immer noch nicht genug?

Das Geräusch eines näher kommenden Autos riss ihn aus seiner Resignation. Er sah in den Hof hinunter, wo sich die Schweine suhlten. Neugierig beobachtete er die Einfahrt. Es wehte kein Lüftchen und Marc vermutete, dass es im Laufe des Tages sehr heiß werden würde. Schon jetzt sog die Sonne gierig die Feuchtigkeit aus der Schmutzlache. Ein roter Peugeot fuhr vor. Wer mochte diesen öden Hof besuchen? Vielleicht jener Verwandte, der dem Alten die Anzeige für seine Gästezimmer ins Internet gestellt hatte?

Marc sprang auf. Daran hatte er schon gar nicht mehr gedacht! Er zog sich hastig an. Vielleicht konnte der Ankömmling ihm etwas zu Damian sagen.

Eine Frau stieg aus dem sportlichen Wagen. Elegant, blond, die Sonnenbrille ins Haar gesteckt. Marc stutzte. Hatte er sie nicht schon einmal gesehen? Für einen zweiten Blick blieb keine Zeit. Die Frau war bereits im Haus verschwunden.

Marc schob sich noch einen Butterkeks in den Mund und begab sich dann nach unten. Aus der Küche hörte er Geschirrklappern und das glucksende Brodeln einer alten Kaffeemaschine. Langsam schlich er an der offenen Küchentür vorbei, um einen Blick auf den Besuch zu werfen. Der Alte saß mit dem Rücken zur Tür und packte ein Stück Butter auf einen Porzellanteller. Die Frau saß ihm gegenüber und sah Marc direkt an. Jetzt, aus der Nähe betrachtet, erkannte er sie. Es war jene Frau, die so auffällig die Straße gekehrt hatte, als er um Damians Pick-up geschlichen war. Sie führte gerade ein Croissant zum Mund, hielt aber mitten im Biss inne und starrte ihn an. Zweifellos hatte sie ebenfalls ein Déjà-vu.

Marc ging weiter und trat in den Hof. Eigentlich hätte er sie ansprechen können, aber ein Reflex hielt ihn davon ab. Ihm wurde nämlich schlagartig etwas klar: Die Frau, die hier mit dem Bauern frühstückte, bewohnte ein Haus in der Nähe des Museums und zwar ein recht altes Haus, in dessen Nähe wiederum Damians Wagen parkte. Es würde ihn nicht wundern, wenn es sich bei dem Museum, das in einem herrschaftlichen Gebäude untergebracht war, um den alten und nunmehr umgewidmeten Episkopalpalast handelte. Dies wiederum musste Damian – der ausgewiesene Kulturexperte – sofort gewusst haben. Die Sache mit dem Archiv hatte sich erledigt!

Marc begriff die Zusammenhänge noch nicht gänzlich, aber es schien eine Verbindung zwischen Damian und der Frau zu geben. Wusste sie etwas von dem Schatz?

Marc schlenderte ziellos über den Hof und überlegte, ob er der Frau zu ihrem Haus folgen und sie dort ansprechen sollte, doch sie kam ihm zuvor.

„Monsieur, haben wir uns nicht schon einmal gesehen?", rief sie auf Deutsch und stakte auf ihren hohen Absätzen unbeholfen über den unebenen Hof.

Marc machte kehrt und ging ihr entgegen. Sie wirkte angespannt und lief ihm sicherlich nicht allein deswegen hinterher, weil sie sich vage an sein Gesicht erinnerte. Es musste mehr dahinterstecken. Als sie Marc erreicht hatte, konfrontierte sie ihn knapp mit dem, was sie zu irritieren schien: „Sie waren neulich vor meinem Haus."

„Ich war auf dem Parkplatz in der Nähe Ihres Hauses", korrigierte Marc, um die Dame aus der Reserve zu locken. Es kam ihm gelegen, dass sie die Fragen stellte. So konnte er sich erst einmal bedeckt halten und abwarten, mit wem er es zu tun hatte. „Sie sind …?"

„Louanne Fabron", antwortete sie und sah ihn misstrauisch an, „mein Vater sagt, Sie sind Deutscher?"

„Ja", entgegnete Marc bewusst lakonisch, „warum?"

Madame Fabron strich ihr Kostüm glatt und sah Marc von oben bis unten an. Offenbar versuchte sie mit ihren Blicken abzuwägen, ob sie ihrem Gegenüber trauen konnte. „Sie haben vor meinem Haus ein Auto begutachtet, mehrmals sogar. Ein deutsches Auto."

Marc tat verwundert. „Hatten Sie Angst, ich würde es stehlen?"

Louanne Fabron verschränkte die Arme. Sie antwortete nicht, schüttelte aber leicht den Kopf und sah auf den Boden.

Marc wusste, dass die Geste nicht Ausdruck seiner Entlastung war, sondern dass auch sie das Spielchen zwischen ihnen als Farce empfand. Er kam ihr einen Schritt entgegen. „Ich heiße Marc Ehms und suche jemanden."

Sie hob den Blick. Eine tiefe Falte grub sich zwischen die exakt gezupften Augenbrauen. „Wen suchen Sie?"

Jetzt verschränkte auch Marc seine Arme und musterte die Frau eingehend. Sie mochte um die Vierzig sein, etwas rundlich und überaus gepflegt. Die Lippen waren mit einem dunklen Lipliner nachgezogen und rot ausgefüllt. Das war nicht mehr modern, aber sie wirkte wie jemand, der, wenn er einmal zu seinem Stil gefunden hatte, nie wieder davon abwich. Wenn sie sich selbst treu war, dann war sie möglicherweise generell verlässlich. Ihre goldenen Kreolen blitzten in der Sonne und von seinem forschenden Blick irritiert, zog sie die dunkle Brille aus dem Haar über ihre Augen.

Marc sah, dass er so nicht weiterkam. „Ich suche einen Freund", löste er die Spannung, „ihm gehört der Wagen vor Ihrem Haus."

Louanne Fabron setzte die Sonnenbrille wieder ab und spielte nervös mit den Bügeln. „Sie suchen Damian?"

„Sie kennen ihn?!"

„Ja, er ist mein …" sie zögerte bei der Suche nach dem richtigen Wort, „… er … also, wir sind befreundet."

Marc war verwundert. Louanne entsprach nicht den Frauen, mit denen Damian sonst gesehen wurde. Er konnte sich seinen schmalwüchsigen Freund mit den immer etwas ungepflegt wirkenden Haaren, der seit je her in Jeans, T- Shirt und Cord-Jackett gekleidet war, schwer an der Seite dieser Dame vorstellen. Sie sah aus, als würde sie eine Parfümerie leiten. Damian aber steckte seinen Kopf lieber zwischen zwei Buchdeckel als in einen Creme-Tiegel und diskutierte mit seinen Freundinnen gerne über Philosophie und Kunst, nicht aber über Körperpflege und Mode.

Marcs Erstaunen musste allzu offensichtlich gewesen sein, denn Madame Fabron wirkte verlegen. „Nun, wir haben uns erst vor ein paar Wochen kennengelernt. Damian hat mich sehr umworben, aber jetzt …"

„…aber jetzt?"

„Jetzt ist er verschwunden…"

Marc nickte wissend. Louanne wirkte genauso ratlos wie er.

„Ich mache mir wirklich Sorgen", sagte sie, „auch wenn wir uns noch nicht lange kennen, scheint es mir nicht seine Art zu sein, einfach so zu verschwinden", und auf Marcs immer noch skeptischen Blick entgegnete sie „er war so charmant und zuvorkommend."

Auch das war nicht Damians Art, wie Marc fand, aber er sagte es nicht. Louanne tat ihm leid.

Wahrscheinlich hatte Damian sich an sie herangemacht, weil sie ein altes Haus besaß, in dem er sich einen Zugang zu dem alten Tunnel erhoffte. Vermutlich handelte es sich bei der Dame um die Tochter des Bauern und es war höchstwahrscheinlich kein Zufall, dass Damian ausgerechnet beim Vater der Hausbesitzerin ein Zimmer gemietet hatte. Damian war nicht an ihr, sondern an ihrem Keller interessiert gewesen.

„Wann haben Sie Damian denn das letzte Mal gesehen?"

Madame Fabron schloss die Augen und zählte es an den Fingern ab. Gleichzeitig murmelte sie unverständlich vor sich hin. Statt eine Antwort zu geben, warf sie ein, „aber sein Auto, es steht immer noch da. Das ist es, was ich nicht verstehe."

„Haben Sie nachgesehen, ob er nicht ..." Marc stockte. Er wusste nicht, wie sehr er ins Detail gehen konnte, ohne Damian in Schwierigkeiten zu bringen. Andererseits brachte es ihn auch nicht weiter, auf der Stelle zu treten, erst recht nicht, wenn er mit seiner Loyalität wertvolle Zeit verschwendete, „... also, haben

Sie in Erwägung gezogen, dass ihm im Tunnel etwas zugestoßen sein könnte?"

Louanne sah ihn verständnislos an. „Tunnel?"

„Sie wissen nicht, was Damian bei Ihnen im Keller wollte?", wagte Marc einen Vorstoß.

Madame Fabron wirkte sichtlich irritiert. „Woher wissen Sie, dass Damian in meinem Keller gearbeitet hat?"

Marc erkannte, dass sie nicht die geringste Ahnung von dem Schatz hatte, weshalb er keinen Grund sah, ihr weiterhin zu misstrauen. „Meiner Recherche nach hat Damian einen Zugang zu einem alten Tunnelsystem gesucht. Historische Gänge, die sich unter der Stadt entlang ziehen. Dazu musste er Häuser aufspüren, deren Keller, beziehungsweise deren Grundsubstanz, älter als zweihundert Jahre ist."

Marc beobachtete, wie sich Madame Fabrons Miene verdunkelte.

„Mir gegenüber hat Damian nichts dergleichen erwähnt", sagte sie in Abwehr dessen, was sie zu ahnen begann, „was sollte er auch in einem unterirdischen Tunnel wollen?"

„Ich denke, er hat dort historisch relevante Objekte vermutet", begann Marc vorsichtig, denn wenn er sofort das Wort Schatz erwähnt hätte, wäre Madame schlagartig klar gewesen, dass Damians Avancen mehr ihrem Keller als ihr selber gegolten hatten und genau das versuchte sie ja gerade zu leugnen.

Madame Fabron atmete tief ein und wieder aus. Sie sagte nichts mehr, aber sie wirkte ganz so, als habe sie verstanden, dass es nicht um Tonscherben ging.

Marc wagte sich noch einen Schritt weiter vor. „Ich denke, wir sollten so schnell wie möglich in die Stadt fahren. Wenn Sie erlauben, würde ich mich gerne in Ihrem Haus umsehen."

Louanne sah ihn befremdet an, dann aber nickte sie stumm und wies auf ihren Wagen.

Marc war immer noch nicht ganz fit und daher froh, nicht selber fahren zu müssen, bereute es aber bald. Madame Fabron schien sich am Lenkrad festhalten zu müssen, so stark umklammerten ihre Fäuste den Lederüberzug. Mit leerem Blick starrte sie auf die Landstraße und Marc erkannte, dass die Sache sie härter traf als er vermutet hatte. Nach einem riskanten Überholmanöver vor einer Kurve, das beinahe einen Zusammenstoß mit einem Kleintransporter zur Folge hatte, wurde Marc laut.

„Soll lieber ich fahren?"

Louanne antwortete nicht. In Gedanken schien sie weit weg zu sein.

Marc zwang sich zur Ruhe. Er fürchtete, er würde sie nur noch mehr reizen, wenn er sie erneut ansprach. Angespannt beobachtete er ihren Fahrstil, bereit, jederzeit ins Lenkrad zu greifen.

Kurze Zeit später wurde seine Umsicht belohnt. Madame hatte sich beruhigt und drosselte merklich das Tempo, wohl auch, weil keine weiteren Fahrzeuge vor ihr fuhren, die sie hätte überholen können.

Nach einer Weile begann sie zu erzählen: „Damian war Gast auf dem Hof. Ich frühstücke dort einmal in der Woche mit meinem Vater und so habe ich ihn kennengelernt. Er lud mich zum Essen ein und …" sie lächelte versonnen, „…auf den ersten Blick passen wir vielleicht nicht zusammen, aber sein Charme … er hat mich ständig zum Lachen gebracht."

Marc konnte nicht glauben, dass zwischen Damian und Louanne ein Feuer brannte und er las in ihrem Gesicht, dass auch sie sich langsam von diesem Gedanken verabschiedete. Sie wurde wieder still. Hin und wieder nickte sie, so als habe sie etwas begriffen.

Kurz vor der Stadt ließ sie Marc an ihrem Fazit teilhaben. „Mein Haus ist wirklich sehr alt. Wenn es stimmt, was Sie vermuten, dann hat Damian es bewusst ausgewählt." Madame Fabron atmete tief ein bevor sie weitersprach und drückte den Rücken durch, um eine möglichst würdevolle Haltung einzunehmen. „Er muss an der Klingel meinen Namen gelesen und ihn in eine Suchmaschine eingegeben haben. Dabei ist er vermutlich auf das Impressum der Homepage für die Gästezimmer auf dem Bauernhof gestoßen. Der Rest war ein Spiel für ihn, zumal er sehr gut Französisch spricht."

Marc hätte sie an dieser Stelle gerne gefragt, woher sie so gut Deutsch konnte, aber er kam nicht dazu.

Louanne sprach nach einem prüfenden Blick auf ihn weiter.

„Er hat sich bei meinem Vater eingemietet und in Erfahrung gebracht, dass ich - die Frau aus dem Impressum und damit Besitzerin des Hauses, an dem er meinen Namen gelesen hat - seine Tochter bin und ihn einmal in der Woche besuche. Er musste also nur darauf warten, dass ich vorbeikomme. Alles Weitere hat er mit seinem Charme erledigt."

Sie sackte nun doch in sich zusammen. „Wissen Sie, an meinem Haus muss ständig etwas gemacht werden. Damian ist handwerklich begabt und er hat angeboten zu helfen. Der Keller war feucht, er hat ihn getrocknet und wollte ihn dann neu verputzen. Doch plötzlich ist er verschwunden."

Sie waren in der Stadt angekommen. Louanne parkte neben Damians Pick-up und schüttelte verzweifelt den Kopf, während sie auf seinen Wagen wies. „Ich wusste nicht, was ich machen soll. Er ging nicht ans Handy und irgendwann war es abgeschaltet."

Marcs Puls legte zwei Takte zu. Er war jetzt ganz nah an Damian dran. Mit belegter Stimme warf er ein, „wahrscheinlich war der Akku leer."

Beide sahen sich stumm an. Louanne hielt noch immer das Lenkrad fest.

Marc ergriff als erster das Wort. „Wissen Sie wirklich nichts von einem Zugang in Ihrem Keller, einer Klappe, die in das alte Tunnelsystem führt?"

Madame Fabron schüttelte den Kopf. „Gehen wir nachsehen. Ich hoffe, Sie irren sich, Monsieur."

Das Haus war geschmackvoll eingerichtet, so wie es Louannes Erscheinung hatte vermuten lassen. Alte Stilmöbel kombiniert mit kühler Eleganz. Ein Stil, der sich mittlerweile abgegriffen haben sollte, aber seine Wirkung auf Marc, der eher praktische Möbel besaß, nicht verfehlte. Die Behaglichkeit sprach ihn an. Von der Diele aus sah er durch eine Flügeltür ins Wohnzimmer. Cremefarbene Wände boten den schlichten Rahmen für gekonnt in Szene gesetzte Einrichtungsgegenstände, deren auffälligster ein großer Bronzelüster war. Mit jedem vorbeifahrenden Auto klirrten hunderte von Kristalltropfen, als würde ein Messdiener die Glöckchen läuten. Auf einem weißen Sofa lag eine Überzahl an üppig gefüllten Kissen mit Quasten und Brokatsaum und über einer unprätentiösen Metallkommode hing in einem aufwendig geschnitzten Rahmen ein Ölbild. Es zeigte eine passable Kopie von Lagrenées *Melancholie*.

Madame Fabron seufzte schwer und deutete auf eine Treppe, die linkerhand in den Keller führte. „Wir müssen dort hinunter."

Marc eilte zu den Stufen. Im Vorbeigehen nahm er eine Glasvitrine wahr, in der Madame eine Sammlung ausgefallener Parfumflakons angelegt hatte. Auch die Fläschchen klirrten unter Marcs kräftigen Schritten und er bildete sich ein, einen Hauch von Patschuli zu riechen.

Der Keller hatte kein Oberlicht, nur zwei Lüftungsschlitze, durch die kaum Tageslicht fiel. Louanne knipste den Lichtschalter an. An der linken Wand standen einige Holzregale mit Eingemachtem. Marc wunderte sich, er hätte der eleganten Frau das Einkochen von Früchten nicht zugetraut.

An der gegenüberliegenden Wand sah er eine Tiefkühltruhe, die leise vor sich hin summte und rechter Hand weitere Regale mit Werkzeugen und ein Fahrrad, das offenbar lange nicht mehr benutzt worden war. In der hinteren rechten Ecke türmte sich der Rest der Gerätschaften, die Damian für die Sanierung gebraucht hatte. Ein Trocknungsgerät, Eimer mit Isolieranstrich, zusammengeknüllte Plastikfolie und eine Atemschutzmaske. Auf dem Boden lag ein verschlissener Teppich.

Madame Fabron sah Marc fragend an. „Wo soll hier ein Zugang zu einem Tunnel sein?"

Marc bückte sich und hob den Teppich an. Bei seinem letzten Trip in Hamos Bewusstsein hatte er gesehen, dass es Bodenklappen waren, durch die man das Tunnelsystem erreichen konnte. Umso enttäuschter war er nun, als unter dem Teppich nichts als unebener Steinboden zum Vorschein kam.

„Sehen Sie", rief Madame fast triumphierend, „Sie irren sich."

Marc war klar, dass sein vermeintlicher Irrtum für Louanne bedeutete, dass Damian sie nicht benutzt hatte. Die Hoffnung starb ja bekanntlich zuletzt. Aber unter der schlampig beiseitegeschobenen Plastikfolie lugte etwas hervor, das Marc zeigte, dass er auf der richtigen Fährte war: Eine Spitzhacke. Mit einem Satz war er bei dem Werkzeug und zog es unter der Folie hervor. „Was glauben Sie, hat Damian damit gemacht?"

Madame Fabron zuckte mit den Schultern. „Woher soll ich das wissen? Ich bin meistens in meiner Parfümerie. Wenn ich abends nach Hause kam, war Damian schon umgekleidet und wir sind essen gegangen."

Ein Grinsen huschte über Marcs Gesicht. Nicht, weil die Situation so komisch gewesen wäre, sondern weil er mit der Einschätzung von Madames Berufstätigkeit richtiggelegen hatte. Leider deutete sie seine Erheiterung falsch. „Es amüsiert Sie, dass ich nicht weiß, was man mit dem Ding dort macht?", sie verschränkte die Arme, „täuschen Sie sich nicht, ich bin auf einem Bauernhof großgeworden. Glaube Sie mir, als ich jung war, musste ich mit anpacken."

„Nein, nein", entschuldigte Marc sich schnell, aber Louanne fiel ihm ins Wort, so dass er das Missverständnis nicht aufklären konnte.

„Man hackt Löcher in den Boden oder reißt Wände ein", trumpfte sie auf, „das ist mir schon klar. Doch wie Sie sehen, gibt es hier kein Loch."

„Na ja, ob man Wände damit einreißen kann, weiß ich nicht ..." Marc stockte mitten im Satz. Er drehte sich einmal um die eigene Achse und überlegte laut, „der Keller ist eigentlich recht klein, gemessen an der Grundfläche des Hauses, finden Sie nicht?"

Louannes Gesicht nahm wieder jenen Ausdruck düsterer Ahnung an, den sie schon auf der Fahrt hierher aufgesetzt, aber für einen kurzen Augenblick der Hoffnung wieder abgelegt hatte. Sie folgte seinen Blicken, dann nickte sie stumm und trat einen Schritt weiter in den Kellerraum hinein. „Sie haben Recht", murmelte sie, „der Raum nimmt gerade einmal die Hälfte der Erdgeschossfläche ein."

Fast gleichzeitig bemerkten beide eine große Spanverlegeplatte, die an der Wand der Türseite lehnte. Da Marc und Madame Fabron immer nur in den Raum hineingesehen und sich nicht umgedreht hatten, war sie keinem der beiden aufgefallen. Außerdem hatte Damian sie grau gestrichen, steinfarben wie die Wand.

Kaum hatte Marc die Platte zur Seite geschoben, stieß Louanne einen Schrei aus. „Das gibt es nicht", rief sie in einer Mischung aus Überraschung und Entrüstung, „er hat ein Loch in die Wand geschlagen."

Marc bückte sich und schaute in die etwa ein Meter mal fünfzig Zentimeter große Öffnung in Bodennähe. Auf der anderen Seite des Loches war es stockfinster. Außer einem feuchtmodrigen Geruch konnte er nichts ausmachen.

„Ich muss da rein kriechen", sagte er und las in Louannes Gesicht das Unbehagen, das er selber empfand, „haben Sie eine Taschenlampe für mich?"

„Die liegt oben in der Küchenschublade", erwiderte sie mit belegter Stimme, „warten Sie kurz, ich hole sie Ihnen."

Marc hörte wie die Absätze ihrer Stilettos die Treppe hinauf klackerten und dann hektisch durch die Küche eilten. Während er wartete, betrachtete er die grob ausgeschlagene Maueröffnung. Irgendjemand musste vor etlichen Jahrzehnten eine Wand in den Keller gezogen haben, wahrscheinlich lange bevor Madame Fabron das Haus erworben hatte. Warum, das würde er nicht mehr herausfinden, wohl aber wohin die Öffnung führte.

Madame Fabron kam mit der Lampe zurück. Marc hatte sie fast nicht kommen hören, denn sie hatte die Schuhe ausgezogen. Leichenblass reichte sie ihm die Taschenlampe und beobachtete dann, wie Marc – mit den Füßen zuerst - durch das Loch kroch. Kurz bevor auch sein Kopf in der Öffnung verschwand, nickte sie ihm noch einmal zu. „Rufen Sie, wenn sie Hilfe benötigen."

Marc richtete sich langsam auf. Um ihn herum war es stockdunkel. Ein flaues Gefühl legte sich auf seinen Magen und in seine Nase drang der Geruch von feuchtem Mauerwerk. Zentimeter für Zentimeter ließ er den hellen Lichtkegel der LED-Lampe durch den verborgenen Raum gleiten. Er war leer, aber Marc hatte hier auch keine Vorräte erwartet. An der Stirnseite des Raumes fand er, was er suchte: Eine Bodenklappe. Schon von weitem sah er, dass sie geöffnet war. Er wusste, dass das nichts Gutes bedeutete. Wahrscheinlich hatte Damian zunächst die grau gestrichene Holzplatte wieder vor die Wandöffnung gezogen – von innen - um nicht überrascht zu werden, war dann in den Tunnel hinabgestiegen und nie zurückgekehrt.

Zögernd trat Marc näher an die Luke und leuchtete hinunter, ängstlich, was er dort entdecken würde. In etwa fünf Metern Tiefe lag eine blassblaue PET-Flasche, sonst sah er nichts. Mit wachsendem Unbehagen machte er sich an den Abstieg. Dazu musste er die Taschenlampe in die Hosentasche stecken, um sich mit beiden Händen an den Metallsprossen festhalten zu können. Sprosse für Sprosse tastete Marc sich nach unten ins Unbekannte. Dabei blieben die abgesplitterten Späne des korrodierten Eisens an seinen Händen kleben. Marc überlegte, wann er die letzte Tetanus-Impfung bekommen hatte. Vielleicht sollte er umkehren und sich ein Paar von den Arbeitshandschuhen holen, die oben in Louannes Keller lagen, aber dann würde ihn vielleicht der Mut verlassen, erneut in die gähnende Dunkelheit hinab zu steigen, die er schon durch Hamos Bewusstsein als wenig einladend empfunden hatte und in der er fürchtete, Damian nur noch tot zu finden.

Der Gedanke ließ ihn innehalten. Einen Moment lang hing er mit dem rechten Fuß frei in der Luft und ertappte sich dabei, wie er in die Dunkelheit schnupperte, ob ihm nicht der süßlich-ekelhafte Geruch der Verwesung in die Nase stieg. Als er nichts dergleichen wahrnahm, suchte er mit dem Fuß nach der nächsten Sprosse, fand sie aber nicht. Fluchend fingerte er mit der einen Hand nach der Lampe, während er sich mit der anderen festhielt. Nach unten leuchtend sah er, dass eine Sprosse fehlte. Sie musste aus der Wand gebrochen sein. Marc steckte die Taschenlampe zurück und ließ sich an den Armen tief hinab, bis seine Fußspitze die übernächste Sprosse ertastete. Dabei fragte er sich, wie Damian vorgehabt hatte, die Kisten mit den Münzen hinauf zu bekommen. Er hätte einen Flaschenzug benötigt, aber ohne Hilfe wäre das Vorhaben auch mit einer solchen Apparatur nur schwer zu bewerkstelligen gewesen.

Endlich war er unten angekommen. Er streifte die rostigen Späne von den Händen, klopfte seine Kleidung ab und schaltete die Lampe wieder ein. Sein Herzschlag stolperte ein wenig, als er in den dunklen Gang leuchtete. Hatte Hamos Fackel den Tunnel noch in ein warmes Orange getaucht, wirkten die lehmigen Wände im Schein des kalten LED-Lichts nun beklemmend unheimlich.

Wie anders mochte Damian sich gefühlt haben, als er zum ersten Mal hier hinabgestiegen war, sich die Taschen mit Gold und Silber gefüllt hatte und mit der Madonna im Rucksack zurückgekehrt war? Welch ein Triumph musste das für ihn gewesen sein und was für Pläne musste er gehabt haben, als er mit dem Pick-up wiederkam, um die ganze Beute zu holen! Und jetzt?

Marc sah den langen, engen Tunnel entlang. Woher sollte er wissen, in welche Richtung er laufen musste? Weder rechts noch links konnte er eine Spur ausmachen, die ihm einen Hinweis darauf gab, welchen Weg Damian genommen hatte.

Von weit her hörte er Madame Fabron nach ihm rufen. Dumpf und unverständlich.

„Alles gut", rief er nach oben und gab sich Mühe, seine Worte möglichst heiter klingen zu lassen, da auch sie ihn vermutlich nicht verstehen, wohl aber die Art des Tonfalls interpretieren konnte.

Dann schloss er die Augen und versuchte sich anhand der drei Örtlichkeiten, die er aus Hamos Bewusstsein kannte, zu orientieren. Da war das Kloster, durch dessen Bodenklappe Hamo in den Tunnel hineingelangt war und da war der Episkopalpalast, in dessen Nähe sich Michels Haus befunden hatte. Je mehr er nachdachte, desto mehr gelangte er zu der Überzeugung, dass Louannes Gebäude gar nicht so weit vom ehemaligen Haus des Maurers entfernt sein konnte. Daher beschloss er, nach rechts zu gehen, in Richtung des einstigen Klosters.

Mit vorsichtigen Schritten erkundete er den Tunnel. Von der Decke rieselte Erde und hier und da hingen die Reste abgestorbener Wurzeln von längst gefällten Bäumen. Die Luft wurde immer stickiger und Marc spürte einen leichten Schwindel. Irgendwo über ihm musste der Verkehr über die *Place Lionel Lecouteux* rauschen. Vielleicht war Damian gar nicht verletzt und auch nicht verdurstet. Wohlmöglich war er einfach erstickt. Marc griff sich an die Kehle. „Ganz ruhig", redete er sich gut zu, „das ist nur eine Nachwirkung des Infekts. Hier ist genug Sauerstoff für dich."

Marc ging weiter und weiter, hunderte von Metern wie ihm schien. Manchmal drehte er sich um, wie um sich zu vergewissern, dass der Rückweg offen war, manchmal, weil er das Gefühl hatte, jemand wäre hinter ihm. Fast wäre er umgekehrt, weil er dachte, die falsche Richtung gewählt zu haben, da sah er plötzlich im Schein der Taschenlampe eine Münze auf dem Boden liegen. Er bückte sich nach dem Geldstück und stellte fest, dass sie von der gleichen Art war, wie die Goldmünzen in Damians Haus. Seine Aufregung wuchs nun ins Unerträgliche und war so wenig auszuhalten wie die sauerstoffarme Luft. Vor ihm lag eine Biegung, so dass er den Gang nicht vollständig einsehen konnte. Er schluckte, aber der Speichel war ihm ausgegangen. Mit höchster Anspannung näherte er sich der Kurve, die letzten Meter mit geschlossenen Augen. Dann blieb er stehen. Er hatte schon einige Leichen gesehen, während des Studiums sowieso, später auch im Krankenhaus, aber seinen Freund? Könnte er das ertragen? Er presste die Lippen aufeinander und hielt unwillkürlich die Luft an. Dann öffnete er die Augen. Linkerhand sah er die Wandöffnung, die Michel im Beisein Hamos mit Brettern und Lehm verschlossen hatte. Sie war aufgebrochen. Langsam trat

Marc an das Versteck heran. Es war leer. Von Damian keine Spur.

Marc ließ die Taschenlampe sinken, unschlüssig ob er erleichtert oder wütend sein sollte.

Madame Fabron saß auf einem Schemel und starrte unentwegt auf das Loch in ihrer Kellerwand. In den Händen hielt sie eine Schale Café au lait. Als Marc durch die Öffnung gekrochen kam, sprang sie auf. „Und?", dabei schwappte etwas von dem Kaffee auf ihren Rock, aber sie ignorierte es, „haben Sie ihn gefunden?"

Marc schüttelte den Kopf. „Nichts, keine Spur" sagte er, dabei glitt seine Hand über die raue Oberfläche der Münze, die in seiner Hosentasche steckte, „ich muss noch einmal hinunter und die andere Richtung des Tunnels erkunden."

Louanne ließ sich wieder auf den Schemel sinken. *Mon Dieu*, ich dachte schon, Sie kommen nie zurück!", sie machte eine Pause und fügte dann leise hinzu, „wie Damian."

Marc atmete tief ein. „Ich brauche etwas frische Luft, dann suche ich weiter."

„Möchten Sie auch einen Kaffee?"

„Das wäre sehr nett, ja."

Madame Fabron bat ihn nach oben und kurze Zeit später saßen sie bei geöffnetem Fenster auf der gemütlichen Couch im Wohnzimmer. Marc trank den Kaffee, der ihm nach seinem Ausflug in die Unterwelt von Le Mans besser schmeckte als jeder

Kaffee, den er je in seinem Leben getrunken hatte. Auf seinen Knien balancierte er einen Teller mit Marmeladenbroten, die Madame ihm geschmiert hatte.

„Die erste Mahlzeit seit drei Tagen", räumte er dankbar kauend ein.

Louanne streifte ihn mit einem ungläubigen Blick.

„Ich war krank", erklärte er, „da mag man nichts essen."

Sie nickte und starrte an die Decke, zu dem klirrenden Kristalllüster. Marc spürte, dass sie ungeduldig war und beeilte sich, das letzte Brot hinunter zu schlingen. „Sehr lecker, danke."

Als sie wieder in den Keller hinabstiegen, dachte Louanne laut nach. „Auch, wenn Damian mich benutzt hat, um in den Tunnel zu gelangen, heißt das doch nicht, dass er nichts für mich empfunden hat, nicht wahr? Vielleicht haben sich seine Gefühle im Zusammensein mit mir entwickelt, obwohl er das gar nicht geplant hatte."

„Keine Ahnung", erwiderte Marc knapp, was für ihn, der stets auf Höflichkeit bedacht war, ungewöhnlich undiplomatisch war, aber warum sollte er ihr helfen, sich selbst zu belügen?

Er kroch wieder durch das Loch in den geheimen Kellerraum. Von dort rief er, weil er sie dabei nicht ansehen musste, „hätte er Ihnen nicht von dem Schatz erzählt, wenn Sie ihm etwas bedeutet hätten?"

„Schatz?", rief Louanne entgeistert, „haben Sie Schatz gesagt?"

Marc biss sich auf die Zunge, aber sein Verplapperer machte nun auch nichts mehr aus. Louanne hatte ohnehin geahnt, dass es um etwas Wertvolles ging. Nur gab das Wort *Schatz* dem Ganzen jetzt jene Dramatik, die Madame Fabron erkennen lassen musste, dass sie mitnichten geliebt, sondern lediglich benutzt worden war. Besser sie begriff das, bevor Marc wohlmöglich mit einer Todesnachricht zurückkam. Er verstand, dass sie es nicht wahrhaben wollte, aber es würde ihr leichter fallen, Damians Tod zu verkraften, wenn sie wusste, dass er ein Lügner war.

Marc war nun schon eine gefühlte Ewigkeit die andere Seite des Tunnels abgelaufen. Zunächst sah alles so aus wie in dem Gang, den er zuerst erforscht hatte. Lehmiger Boden, enge Wände und kein Licht, aber an den Wurzeln, die durch die Decke wuchsen und in haarigen Gebilden nach unten hingen, entdeckte er nach vielen hundert Metern Spinnweben. Wie waren die Spinnen hier hereingekommen? Auch wurde die Luft zunehmend frischer. Konnte das bedeuten, dass es einen weiteren Ausgang gab, einen, der direkt ins Freie führte?
Marcs Schritte wurden größer und schneller. Der Gang führte bald merklich aufwärts, obwohl er bis hierher ohne jede Steigung verlaufen war. Schließlich traf er auf eine winzige Kammer, deren Wände aus uraltem Mauerwerk bestanden. Hier ging es nicht mehr weiter.

Marc musste sich ducken, denn die Decke war niedrig. Frische Luft wehte ihm entgegen und er brauchte nicht lange suchen, um das Loch in dem flachen Gewölbe zu entdecken. Geröll lag auf dem Boden, ein Gemisch aus Steinen, großen Erdbrocken und Wurzeln.

Marc konnte die Taschenlampe ausschalten. Tageslicht flutete durch die Öffnung in den kleinen Raum. Mit Hilfe der herunterhängenden Wurzeln kletterte er nach oben und durch das Loch ins Freie.

Breite Fächer aus Sonnenlicht bahnten sich ihren Weg durch das dichte Laubwerk eines Waldes. Marc schaute sich um. Weit und breit nichts als Bäume. Er betrachtete das Loch zu seinen Füßen, das sich am unteren Rand eines natürlich wirkenden Hügels befand. Es sah aus wie der Eingang zu einem Dachsbau, der vor nicht allzu langer Zeit von Menschenhand vergrößert worden war. Gerade so groß, dass eine Kiste hindurch passte, oder ein Mensch sich hindurchzwängen konnte. Kein halbes Jahr und die Natur hätte es wieder verschlossen. Ein, zwei starke Regengüsse würden die Erde bewegen, Farne, Efeu und Moos einen grünen Teppich darüber weben. Damian musste die Kammer zufällig entdeckt und mit seiner Spitzhacke die natürliche Öffnung vergrößert haben. Besser hätte es für ihn nicht laufen können. Von hier aus hatte er die Kisten mit einer Seilwinde mühelos heraufziehen können, vielleicht hatte er auch einen Gurt benutzt, ihn an seinem Pick-up festgebunden und die Kisten durch Anfahren des Wagens geborgen.

Damian war also nicht tot. Marc sog die aromatische Waldluft tief in seine Lungen. Eine Mischung aus Erleichterung, Ratlosigkeit und Wut legte sich auf seine Brust und wich beim Ausatmen dem Gefühl des besieg Seins. Er stemmte die Hände in die Hüften, wühlte mit den Füßen durch das Laub und suchte nach Spuren, die Damian hinterlassen haben könnte, die das Rätsel lösten, doch der starke Regen, der bei seiner Ankunft in Le Mans niedergegangen war, musste alles fortgewaschen haben. Weder Reifenspuren, noch Fußabdrücke, noch irgendein zurückgelassenes Werkzeug waren auszumachen. Von Damian fehlte jede Spur und es würde wohl immer im Dunkeln bleiben, was er mit den Kisten gemacht und warum er seinen Wagen wieder vor Madame Fabrons Haus geparkt hatte. Vielleicht ein letztes Ablenkungsmanöver, ein Schachzug, um Zeit zu schinden, denn wo sein Wagen war, da konnte er schließlich nicht weit sein. Fehlgedacht.

Die Vögel zwitscherten und das Summen von Insekten säuselte Marc Geheimnisse ins Ohr, die er nicht verstand. Er ließ sich auf einen langgestreckten, morschen Stamm sinken. Samtenes Moos bekleidete die Rinde und bot ein weiches Sitzkissen. Feuerkäfer und Ameisen gingen ihrer Beschäftigung nach, die einen kopulierten, die anderen arbeiteten. Die Unschuld des Waldes, schoss es ihm durch den Kopf, oder doch eher die Ungerechtigkeit des Lebens?

Irgendwo hämmerte ein Specht. Marc hob den Blick und suchte die schlanken Baumstämme nach dem Vogel ab, aber so laut das Hacken auch zu hören war, Marc entdeckte ihn nicht.

Müde ließ er den Kopf in seine Hände sinken. Langsam dämmerte ihm, dass er ein Phantom jagte. Er hatte niemals eine Chance gehabt, an Damian heranzukommen, gleichgültig auf welcher Ebene. Egal was er tat, egal wo er hinkam: Damian war schon da gewesen und immer schon verschwunden, bevor Marc überhaupt auf die Idee gekommen war, ihn dort zu suchen: In dem Zimmer auf dem Bauernhof, in dem Bett, in dem beide ihre extrakorporalen Ausflüge gemacht hatten, im Museum, im Bild, in Adélades Seele und in Hamos Geist, im Keller von Madame Fabron und nun hier, in einer Erdhöhle im Wald, einer unterirdischen Ruine von was auch immer. Es war, als würde er ein Gespenst jagen. Immer spürbar, aber niemals fassbar. Damian war ihm stets drei Schritte voraus und das war wohl schon immer so gewesen. Damals wie heute. Damian war der Vordenker und Marc der, der zögerlich nachzog. Damian und er, sie waren wie zwei Gehirnhälften. Marc die Linke und Damian die Rechte. Vielleicht hätten beide voneinander profitieren können, aber Marc war nie offen für Damians Denken gewesen: Damian der Philosoph, Damian der Träumer, Damian der Spinner.

Zuletzt, endlich, hatte Marc sich geöffnet, aber nicht, weil er Damians Wesen endlich anerkannte und schon gar nicht aus demselben Pioniergeist, sondern lediglich aus einem Pflichtgefühl heraus. Nur notgedrungen hatte er sich auf Damians Weg eingelassen und dort dann Unglaubliches entdeckt. Jetzt, in diesem Augenblick, da er auf dem verrottenden Stamm saß, hatte er mehr mit seinem alten Freund gemein als je zuvor, aber sie würden sich nie mehr wiedersehen. Damian war fort.

Marc lächelte wehmütig. Was hätten sie gemeinsam erkunden können, der Philosoph und der Wissenschaftler? Was gab es zu entdecken, in der geheimnisvollen Welt aus Bewusstsein, nur erreichbar durch die Überwindung der eigenen Glaubenssätze? Aber Marc hatte unbedingt zeigen wollen, dass der Weg des Rationalen der einzig richtige war. Er hatte es Damian zeigen und seinem alten Lehrer beweisen wollen, dass nicht der Philosoph etwas Besonderes war, sondern der Naturwissenschaftler. Nicht Damian, sondern er. Und lange sah es so aus, als hätte Marc gewonnen. Er, der erfolgreiche Mediziner auf dem Weg zu einem neuen Impfstoff und ihm gegenüber Damian der Tunichtgut, talentiert, aber abgerutscht in den illegalen Kunsthandel.

In Wahrheit hatten alle verloren. Damian seine Integrität, Marc einen Freund, die Gesellschaft ein Mitglied und das Museum einen Schatz.

Marc erhob sich. Dabei brach der morsche Stamm an der Stelle ein, auf der er gesessen hatte. Aus dem Totholz krabbelten ein paar Alpenbock-Käfer.

Unschlüssig wie er mit der Situation umgehen sollte, starrte Marc eine Weile auf den entwurzelten Stamm und sah den Käfern und Ameisen zu. Erstaunlicherweise gingen sie sich aus dem Weg, ohne einander zu stören oder sich in ihrem Tun aufhalten zu lassen. Jeder hatte seinen Plan, den er, ohne sich ablenken zu lassen, verfolgte. Marc beschloss, es ihnen gleich zu tun. Er ließ Damian ziehen.

Als Marc in den Keller zurück gekrochen kam, erlebte er eine hysterische Madame Fabron. „Ich war nahe daran, die Polizei zu alarmieren", rief sie mit zitternder Stimme, „Sie waren so lange fort, dass ich schon dachte, dort unten lebt ein Ungeheuer, das alle, die sich in den Tunnel wagen, verschlingt."

Marc richtete sich auf und lehnte sich erschöpft an die Wand.

„Das Ungeheuer heißt Habgier", entgegnete er matt und kramte in seiner Hosentasche nach der Goldmünze. „Das ist alles, was von Damian übriggeblieben ist."

Louanne nahm das Goldstück und während sie es prüfend untersuchte fragte sie, „haben Sie Damian nicht gefunden?"

Marc schüttelte den Kopf. Sie sah es nicht.

„Ist er tot?" schrie sie und sah ihn beschwörend an, „Sie müssen es mir sagen."

Marc hob beschwichtigend die Hände. „Alles, was ich gefunden habe, ist diese Goldmünze und einen zweiten Ausgang, der in den Wald führt. Ich glaube nicht, dass Damian tot ist, aber für Sie sollte er es sein."

„Was meinen Sie damit?", fragte sie und wirkte mit einem Mal wie ein verlassenes Kind. „Was hat das alles zu bedeuten?"

Marc deutete nach oben. „Wollen wir uns einen Augenblick zusammensetzen?"

Madame Fabron nickte stumm und sie gingen hoch ins Wohnzimmer. Marc schloss das Fenster und setzte sich zu ihr. Sie war dabei, sich einen Likör einzugießen. „Ich brauche jetzt etwas für die Nerven", erklärte sie entschuldigend, „möchten Sie auch einen?"

Marc lehnte ab. Er dachte kurz nach, was er ihr erzählen sollte, dann begann er. „Alles deutet darauf hin, dass Damian einen verschollenen Münzschatz entdeckt hat. Er hat sich damit abgesetzt, aber sein Auto hier stehen lassen, damit Sie ihn nicht woanders suchen als in Le Mans. Sie sollten damit rechnen, dass er jeden Moment wieder zurückkommt. Daher hat er auch seine Sachen bei Ihrem Vater gelassen. Sollte jemand aus Sorge die Polizei einschalten, würde alles nach einem mysteriösen Verschwinden hier in Le Mans aussehen.

Nach einiger Zeit würde man Damian vergessen haben und niemand käme auf die Idee, dass er sich mit einem Vermögen ins Ausland abgesetzt hat."

Madame Fabron tat, als putzte sie sich die Nase, um ihre Tränen zu verbergen. „Ins Ausland? Glauben Sie wirklich?"

Marc überprüfte in Gedanken seine Schlüsse und nickte. „Ja, ich denke schon. Wahrscheinlich hat er die Truhen auf dem Seeweg verschickt. Eine schwere Fracht fällt da nicht sonderlich auf."

„Und wie hat er den Schatz aus dem Wald bekommen?"

„Ich vermute, genau dafür hat er sich den Pick-up besorgt. Er muss alles genau geplant haben. Die Kisten hat er wohl mit einem Möbel-Hunt durch die Gänge transportiert und sie dann verladen und in einen Seehafen gebracht."

Louannes Augen weiteten sich und in Gedanken kombinierte sie sichtlich mit. „Sie könnten Recht haben, Monsieur, von Le Havre aus kann man Passagen nach Südamerika buchen."

„Ja, und er kann den Schatz dort bereits vor der Abfahrt als Frachtgut eingelagert haben", ergänzte Marc, „dann hat er den Wagen hierher zurückgebracht und ist mit dem Zug wieder zum Hafen gefahren."

„Sie glauben, er hat sich derart viel Mühe gegeben, seine Spur zu verwischen?"

Marc nickte und deutete auf die Flasche mit dem Likör. „Vielleicht dürfte ich doch einen bekommen?"

Madame Fabron schenkte ihm von dem Mirabellenlikör ein und sich gleich einen Zweiten.

Marc drehte das rubinrote Gläschen mit dem eleganten Kristallfuß nachdenklich in den Händen. „Mirabellen", dachte er laut, „die haben wir zusammen aus Oma Gertruds Garten geklaut. Wer hätte gedacht, dass er damit nicht aufhören kann."

„Mit dem Stehlen, meinen Sie?"

„Ja."

Marc wollte sich nicht wieder in Erinnerungen verlieren und wandte seine ganze Aufmerksamkeit der sichtlich niedergeschlagenen Louanne zu. „Er hat Sie nicht geliebt, Madame, trauern Sie ihm nicht nach. Verkaufen Sie sein Auto, behalten Sie die Münze und haken Sie das Ganze ab."

Madame Fabron betrachtete die Münze in ihrer Hand. „Ist die etwas wert?"

„Ein wenig schon", lächelte Marc, „aber sie ist es nicht wert, dass Ihr Leben weiterhin auf den Kopf gestellt wird. Lassen Sie das Loch wieder zumauern, am besten von einem vertrauenswürdigen Bekannten, es sei denn, Sie wollen hier in den nächsten Jahren Forscher, Touristen und Neugierige durch Ihren Keller führen.

Madame hob abwehrend die Hände. Ihr linkes Auge zuckte nervös. „Um Himmels Willen, nur das nicht."

Madame Fabron begleitete Marc zum Ausgang. Zum Abschied klirrte der große Lüster noch einmal. Louanne wischte sich eine Träne aus dem Auge. „Danke Monsieur", seufzte sie, „jetzt kann ich mit Damian abschließen."

Als Marc auf der Straße stand, fiel ihm ein, dass sein Wagen ja auf dem Bauernhof stand. Er wollte Madame Fabron ungern bitten, ihn zurück zu fahren, das schien ihm nicht nur unangebracht, sondern in Anbetracht ihrer Gemütslage auch zu gefährlich. Er hätte Marie anrufen können, aber sie arbeitete um diese Zeit, außerdem wollte er sie erst wieder treffen, wenn er den Kopf für ein Tête-á-Tête frei hatte. Also lief er in die Altstadt, gönnte sich die erste warme Mahlzeit seit dem Fieber und nahm sich dann ein Taxi.

Die ungewohnte körperliche Anstrengung am Vormittag, die Hitze und die Tatsache, dass er noch nicht ganz fit war, veranlassten Marc dazu, sich nach einer Dusche ins Bett zu legen. Was ihn aber vor allem dort hin zog, war Adéláde. Er wollte wissen, wie es ihr in jener Nacht ergangen war. Die Vereinigung mit ihr erfüllte noch immer seinen Geist und jedes Erinnern daran bewirkte in ihm ein Gefühl seelischer Ekstase. Er wollte noch einmal in sie hineingehen, wollte wissen, was aus ihr geworden war.

Voller Erwartung legte er sich hin und begann seine Übung. Vielleicht würde es ihm gelingen, ähnlich wie bei Hamo, sich auf einen bestimmten Punkt in ihrem Leben zu konzentrieren, auf die Nacht, als die Revolutionstruppe das Kloster einnahm.

Wie gewohnt leitete ein Knall die Loslösung seines Bewusstseins vom Körper ein. Dieses Mal aber wurde das bekannte Symptom von einem starken Vibrieren begleitet. Es erfasste seinen ganzen Körper. Vielleicht wegen der besonderen Aufregung, mit der er in diesen Trip startete, denn es ging nicht mehr um Damian und den Schatz, sondern um seine mystische Liebe zu Adéláde. Ein Gefühl, das durch das völlige Kennen und Verstehen einer Person entstanden war und durch die Ahnung, dass sein eigenes Sein mit dem ihren verwoben war, so als gäbe es zwischen ihm und ihr keinen Unterschied.

Sobald er Adéláde erblickte, wie sie im Schein der Kerze aus dem Fenster sah, schritt er auf sie zu und ging in sie hinein. Dabei konzentrierte er sich auf jene Nacht des Jahres 1790, als die Schwestern die Bodenklappe wieder geschlossen und sich vor den rauen Befehlen der Revolutionstruppe auf ihre Zimmer geflüchtet hatten.

Augenblicklich befand er sich in Adéláde. Er spürte den Holzsplitter, den sie sich in die Hand gerammt hatte, als sie mit einer Schwester namens Catherine den schweren Schrank vor die Tür ihrer Kammer schob. Nun saßen beide mit angezogenen Beinen auf Adéládes Bett und klammerten sich schutzsuchend aneinander. Draußen hörte man die Soldaten in ihren schweren Stiefeln durch die Gänge marschieren und Befehle brüllen. Bald schon wurde hart an die Tür geklopft und ohne abzuwarten, versuchte jemand einzutreten, wobei die Tür heftig gegen den Schrank gestoßen wurde. Ein Ausruf des Unmuts folgte dem erfolglosen Versuch, in die Kammer zu dringen und dann ein spotterfülltes Lachen.

„*Ouvrez la porte, Mesdemoiselles*", rief jemand durch den Spalt und machte sich daran, die Tür samt dem Schrank gewaltsam in das Zimmer zu schieben.

Adéláde presste ihre Schenkel zusammen. Mit den Augen suchte sie nach ihrer Haube, aber sie lag nicht in Reichweite. Es war zu spät, ihre Reize zu verbergen. Marc spürte ihren Herzschlag bis hoch in die Kehle pulsieren und konnte doch die Situation reflektieren als wäre er ihrer nicht teilhaftig. Er hoffte, der Soldat würde sich nicht an ihr vergehen.

Ein heftiger Stoß und der Mann stand im Raum. Groß und breitbeinig, mit einem Anflug von Verachtung auf seinen Zügen. Das Weiß seiner zerschlissenen Uniform war schmutzig und die Knöpfe der Weste abgerissen. Am Hut trug er eine Schleife in den Revolutionsfarben Rot, Weiß und Blau.

„Aaah, gleich zwei Damen", stellte er fest und schüttelte in gespielter Verwunderung den Kopf, „warum so ängstlich?"

Adéláde schloss die Augen und ihre Arme noch fester um Catherine. Die Freundin betete leise ein Maria-hilf.

Der Soldat plauderte in aufgesetzt heiterem Tonfall. „Wir bringen Ihnen die Freiheit, Mesdemoiselles, es gibt keine Not, Sie können mit dem Beten aufhören. Ziehen Sie sich etwas Hübsches an und suchen Sie sich einen Ehemann." Sein Blick glitt über Adéládes lang herabfallendes Haar. „Sie haben ganz sicher Erfolg, Mademoiselle."

Die beiden Frauen sahen den Soldaten misstrauisch an. Adéláde entspannte sich etwas, als sie beobachtete, wie er seine Muskete an die Wand lehnte.

Mit übertriebener Geste rieb er seinen Bauch. „Ich habe Hunger." Begleitet wurde diese Information von der hörbaren Tätigkeit seiner Magensäfte. „Wollen wir nicht gemeinsam nachsehen, ob es in dieser Anstalt etwas Gutes gibt und uns dann bei einem gepflegten Mitternachtsmahl über die Menschenrechte unterhalten?"

Aus dem Flur steckte ein weiterer Soldat seinen Kopf durch den Türspalt. Ein Blick auf die zwei Nonnen entlockte ihm einen Pfiff. „Ich sehe, die Damen werden bereits aufgeklärt."

„So weit bin ich noch nicht gekommen", grinste der andere, „komm' und hilf mir."

Adéláde klammerte sich wieder an Catherine, die ihr Gebet nicht einen Augenblick unterbrochen hatte und bei der Anrufung der Mutter Gottes immer lauter wurde.

Die Männer lachten leise. Der erste schüttelte in gespielter Bekümmerung den Kopf. „Ts, ts, Mesdemoiselles, Sie betreiben Götzendienst. Maria ist ein Mensch wie du und ich. *Uns* sollten Sie danken, *uns*, die wir gekommen sind, Sie Ihrer wahren Bestimmung zuzuführen."

Catherine unterbrach ihre Litanei und sah entrüstet auf. „Und welche Bestimmung soll das bitte sein?"

Adéláde stieß sie in die Seite. Eine Warnung, die Soldaten nicht zu provozieren, aber der zweite der Männer griff die Frage sofort auf, indem er sich Catherine näherte und ihr mit einem Ruck die Haube vom Kopf riss. „Die Bestimmung eines glücklichen Eheweibs und der naturgemäßen Mutterschaft."

Seine Worte klangen salbungsvoll und standen in krassem Gegensatz zu der brutalen Geste. Es schien, als wäre das Gesagte ernst gemeint, doch das rüde Auftreten des Mannes ließ die Schwestern zusammenfahren. Catherine rieb sich den Schopf. Der Soldat hatte ihr mit dem Fortzerren der Haube ein paar Haare ausgerissen. Nun setzte er sich in plumper Vertraulichkeit auf die Bettkante, sehr dicht, gefährlich freundlich und stinkend wie die Gosse. Er griff nach Adèlàdes Hand und tätschelte sie, während er Catherine starr in die Augen blickte. Dann holte er tief Luft, offenbar, um eine längere Rede zu halten.

„Das Gelübde, zu dem ihr gezwungen worden seid, ist unvereinbar mit den Menschenrechten. Es entspricht nicht der Freiheit des Individuums zur Selbstbestimmung und hindert euch an der Ausübung eurer Bürgerrechte. Daher sind alle Klöster ab jetzt verboten und werden geschlossen."

Catherine verschränkte die Arme und drückte sich in die äußerste Ecke des schmalen Bettes. Leise, aber trotzig sagte sie, „ich *will* hier sein. Es ist mein freier Wille", tapfer hielt sie dem Blick des Fremden stand, „ich diene Gott."

Der Redner stieß die Luft aus. Gespielt verzweifelt. Schlechter Atem entströmte seinem Mund. Unbeirrt fuhr er fort. „Du solltest den Menschen dienen", sagte er scharf, „ein selbstbestimmtes Leben, in dem du das tust, was einer Bürgerin angemessen ist, anstatt dich hier auf Kirchengeheiß zu verschanzen und der Welt zu verschließen. Der Verzicht auf deine Freiheit kommt einem Selbstmord gleich. Es gibt keinen Gott."

Je schärfer die Worte wurden, die so gekonnt über seine Lippen kamen, desto schärfer wurde sein Blick. Er hatte diese Rede wohl schon hundertmal zwischen Paris und Le Mans gehalten. Routiniert donnerte er sein Bekenntnis in die kleine Zelle, mit demselben fanatischen Flackern in den Augen, wie es so mancher Missionar in den französischen Kolonien gezeigt haben mochte.

Catherine sah ihn fassungslos an. „Es ist aber gegen meine Selbstbestimmung, mich aus dem Kloster zu vertreiben und mir meinen Glauben zu verbieten. Was hat das mit Bürgerrechten zu tun?"

Der Soldat ließ sich auf keine Diskussion ein. „Wenn du unbedingt hierbleiben möchtest, bitte, wie du willst. Den hiesigen Zuständen angemessen, wird aus diesem Kloster ein Frauengefängnis. Wer sich der Selbstbestimmung widersetzt, wird inhaftiert."

Einen Moment lang schien er über seine eigenen Worte zu stutzen, dann sprang er abrupt von der Bettkante. Im Gehen wandt er sich noch einmal um. „Bedenkt euch, Mesdemoiselles, eine kleine Frist lasse ich euch, das gebietet die Vernunft."

Der zurückgebliebene Soldat lächelte, aber es war ein kaltes Lächeln. „Wollen wir dann zum Mitternachtsmahl schreiten?" Er machte eine einladende Geste Richtung Tür und sah die Schwestern auffordernd an.

Adéláde überlegte, wie sie Zeit schinden könnte. Sie dachte an Etienne, der ermordet worden war, weil er seine Priesterschaft nicht aufgeben wollte. Sie war verängstigt und zweifelte an Gottes Allmacht. Nicht nur, dass ihr Cousin tot war, nun standen diese Monster vor ihr, um ihr den letzten Halt zu nehmen, den sie hatte: Ihr Zuhause. Gleichzeitig war sie hin und her gerissen zwischen ihrer Berufung und der Liebe zu dem Maler. War dies nicht der Augenblick, sich von hier loszureißen und zu Hamo zu eilen?

Adéláde war verwirrt, aber auch bestürzt über ihre Gedanken. Vielleich irrte sie sich und all dies war eine Prüfung.

Plötzlich kam ihr das Buch der Offenbarung in den Sinn. War die Revolution der Beginn der Apokalypse? War der Antichrist dabei, seine Herrschaft aufzurichten? Wenn es so war, dann musste sie Widerstand leisten.

Doch was war mit Hamo? Er würde zurückkehren, um sie zu holen, dessen war sie sicher. Sie wollte nicht, dass er ihretwegen zu leiden hatte. Was sollte sie tun?

Marc empfand Adéládes Zweifel genauso quälend wie sie selbst. Er hörte ihr beim Denken zu und fühlte mit ihr.

Noch vor einigen Tagen hätte sie ohne Zögern das Kloster verlassen, um mit Hamo zu leben, aber jetzt war die Revolution dazwischengekommen. Aus einer einfachen Entscheidung war eine Gewissensfrage geworden. Es ging nicht mehr um die Frage: Ehe oder Kloster, es ging um die Frage: Hamo oder Gott. Sie wollte ihren Herrn nicht verraten, nicht zu den Lauwarmen gehören, jenen, die ihren Glauben nicht ernst nahmen und die der Weltenrichter deshalb ausspeien würde. Nein, sie wollte zu den Heiligen zählen.

Marc spürte Adéládes Entschlossenheit standzuhalten und Hamo zu entsagen. Etienne sollte stolz auf sie sein. Er war ihr in den Märtyrertod vorausgegangen und sie würde ihm folgen.

Marc war besorgt über Adéládes Verbundenheit mit ihrem Cousin, denn er fühlte ihren Willen zu leben, doch das familiäre Band kettete sie an eine Entscheidung, die sie tief im Innern durchaus anzweifelte. Sie frage sich, welchen Nutzen es hatte, dass Etienne tot war. Die Gemeinde hatte keinen Hirten mehr und die Revolutionäre keinen Gegenwind. Was nützte es Gott, wenn sie heute starb? Sie dachte auch an Hamo. Es war ihr unmöglich, ihm den Schmerz zuzumuten, den er über ihren Tod empfinden würde.

Marc konnte bei all den Qualen, die er mitlitt, über die Situation nachdenken. Während er völlig in ihr zu sein schien, war er gleichzeitig ganz sich selbst. Obwohl er kein Kirchgänger war, erinnerte er sich an die Worte Jesu: „Bleibet in mir und ich in euch. Wer in mir bleibt und ich in ihm, der bringt viel Frucht, denn ohne mich könnt ihr nichts tun."

Mit einem Mal erschien ihm dieses in-jemandem-Sein gar nicht mehr absurd und sein eins Sein mit Adéláde beflügelte ihn zu der Annahme auch mit Gott verbunden zu sein. Und wenn er mit dem großen Geist verbunden war, dann war es Adéláde - die Gottesdienerin - erst recht. Wie konnte sie glauben, ausgespuckt zu werden?

Oder waren alle Wesen längst ausgespien worden? Einfach hineingespuckt in den Kosmos, getrennt vom All-Einen wie die Tropfen von der Fontäne?

Er verwarf diesen Gedanken. Seine Verbundenheit mit Adéláde ließ ihn an die Verbundenheit mit einem großen Ganzen glauben.

Wie gerne hätte er in ihr Bewusstsein gesprochen, dass sie dem Gott, dem sie diente, die ganze Zeit anhaftete. Ob als Nonne oder als Frau des Malers. ›Geh' mit ihm‹, dachte Marc und hätte nur zu gern das tosende Gedankenmeer in Adéláde beruhigt.

Adéláde wusste nicht, was sie tun sollte. Sie wusste nur, dass die Laune des Soldaten nicht besser werden würde, wenn er feststellte, dass es keine Essensvorräte mehr gab. Auch sie spürte jetzt ihren Magen und erinnerte sich an den viertel Laib Käse und den Rest Schinken. Wenn diese Notreserve nicht schon von den anderen Soldaten entdeckt worden war, könnte sie ihn damit ablenken und Zeit zum Nachdenken gewinnen.

Von irgendwo aus ihrem Innern kam eine Stimme und sagte ihr: „Geh' mit Hamo!", aber noch wagte sie es nicht. Sie wunderte sich nur über die Stimme, die so deutlich in ihre Zweifel hineinsprach.

Der Keller war bereits geplündert als Adéláde, Catherine und der Soldat nach unten kamen. Die Reserven der Nonnen hatten kaum zehn Leute satt gemacht und entsprechend aggressiv waren die Männer. Die Oberin stand mit dem Rücken zur Wand, die Haube heruntergerissen und die Zähne sichtbar aufeinandergepresst. Ihr Unterkiefer schob sich in unregelmäßigen Abständen zuckend nach vorne, in ihren Fingern bewegte sich kaum merklich ein Rosenkranz.

„Zum letzten Mal, wo sind die Vorräte?" brüllte der Kommandant die weißhaarige Frau an, bekam aber keine Antwort.

Adéláde war schockiert. Gott stellte sie auf eine harte Probe.

Marcs Sorge wuchs. Je mehr Druck die Truppe ausübte, desto weniger wäre Adéláde bereit, ihrem Gelübde zu entsagen und desto mehr würde sie in eine ähnliche Märtyrerhaltung fallen, wie sie die Oberin an den Tag legte.

„Heirate Hamo", rief er nochmals unhörbar und doch laut genug in Adéládes Bewusstsein, dass sie den Satz, den sie eben beginnen wollte, hinunterschluckte. Sie würde den Soldaten nicht sagen, dass sie Käse, Brot und Schinken an die Kinder verschenkt hatten und sie schluckte auch die Todeswünsche, die sie dem Kommandanten gerne ins Gesicht gespukt hätte, hinunter. Besser er erführe nicht, dass sie die Cousine eines aufständigen Priesters war. Sie hatte mit einem Mal das starke Gefühl, nicht allein zu sein. „Ich bin bei dir", sprach jemand in ihren Geist, „bleib ruhig, Hamo wird bald da sein."

Adéláde zitterte. Woher kam die Stimme? War es Gott, der ihr riet, das Kloster zu verlassen?

Ein Soldat griff sie bei den Haaren. „So eine schöne Frau!", raunte er an ihr Ohr und zog die Strähne mit einem Ruck an seine Nase, um den Duft zu inhalieren. „Hast dich schön gemacht für deinen Bräutigam?" Er machte eine ausladende Geste in die Runde. Wer darf's denn sein?"

Adéláde konnte einen Schmerzenslaut nicht unterdrücken, so sehr zerrte der Mann an ihren Haaren. Die Umstehenden lachten. Einer der Soldaten meldete sich, „ich würde sie nehmen, die Haare könnten wir abschneiden und verkaufen. Das bringt was ein."

Wieder Gelächter. Einer der Männer zog eine Schere hervor und schnipselte damit durch die Luft. „Hier ist, was du brauchst." Die Menge johlte und begann einen Sprechchor, der den Soldaten dazu anstachelte zur Tat zu schreiten.

Adéláde konnte ihr Entsetzen nicht verstecken, auch wenn sie gerne stark gewirkt hätte. Sie stellte sich vor, dass die Schere beim Abschneiden der Haare genauso gut ihren Hals treffen könnte.

Plötzlich donnerte die Stimme des Kommandanten durch das Gewölbe. „Ich mag langes Haar", seine Worte sorgten augenblicklich für Ruhe, „vielleicht möchte Mademoiselle ja mich ehelichen", stellte er klar, wer hier die Befehle gab, „also, lasst die Finger von ihr."

Sogleich ließ der Soldat von ihr ab.

Adéláde atmete auf und schielte zur Oberin hinüber, die mit stoischer Miene die Holzperlen durch ihre Finger gleiten ließ.

Die Ordensfrau deutete den Blick falsch und fühlte sich berufen, klar zu stellen, „die Schwester ist mit dem Herrn verheiratet - wie wir alle."

Marc spürte, wie Adéládes Puls nach oben schoss. Warum musste die Schwester Oberin die Soldaten unnötig reizen? Jetzt wurde es gefährlich.

Adéláde hörte ein schrilles Piepsen im Ohr. Eine plötzliche Benommenheit lähmte ihre Gedanken und das einzige, was sie noch wahrnahm, war der Geruch der Soldaten, deren Uniformen klamm von Schweiß und Dreck waren und die sich schon längere Zeit nicht mehr gewaschen hatten. Irgendjemand packte sie am Arm und sagte etwas, dessen Inhalt sie in ihrer Schockstarre nicht erfasste. Der Griff um ihren Oberarm wurde fester. Auch Marc konnte es spüren, verstand aber ebenso wenig wie Adéláde, was der herrische Soldat sprach, da er das Geschehen nur über Adéládes Bewusstsein erlebte und die hatte sich in sich selbst verkrochen. Um ihr zu helfen, überlegte Marc, was der Revolutionseiferer von ihr fordern mochte. Möglicherweise handelte es sich um den Eid auf die Verfassung, vielleicht aber auch um die Aufforderung, den Kommandanten zu heiraten, denn hätten die Männer sie vergewaltigen wollen, wäre das längst geschehen. Wahrscheinlich sollte Adéláde einfach nur dem Klosterleben abschwören.

„Sag, dass du verlobt bist", sprach Marc sie an, „dann kommt niemand auf den Gedanken, dich mit einem Fremden zu verheiraten."

„Wer bist du?", wunderte sich Adéláde, „bist du Gott?"

Marc erschrak. Obwohl es genau seiner Absicht entsprach, mit ihr zu reden, war er doch erstaunt, dass sie seine Gedanken hören konnte und darauf reagierte. Was sollte er ihr nur auf eine derartige Frage antworten?

Er wollte sie auf keinen Fall erschrecken, deshalb versuchte er, so nah wie möglich an ihrem Gottesbild zu bleiben, damit sie seinen Rat annahm und sich aus der Situation befreite, ohne ein sinnfreies Martyrium zu erleiden.

„Wir sind alle eins", flüsterte er behutsam, „der Geist verbindet alle mit allem."

Im selben Augenblick hörte Marc durch Adéládes Ohren die kräftige Stimme Hamos. „Lasst sie sofort los!"

Adéláde war sofort wieder bei Sinnen.

„Hamo", schrie sie und riss sich von dem Soldaten los, „Hamo, bring mich hier weg!"

Anzügliches Pfeifen antwortete ihr aus dem Kreis der Männer. „Die Schwester hat einen Liebhaber."

Das Gelächter der Umstehenden dröhnte durch das Gewölbe und übertönte den empörten Ruf der Oberin. „Adéláde!"

Adéláde warf sich in Hamos Arme und Marc fühlte, wie er sie fest und schützend umschlang. Erleichterung durchströmte sie, auch wenn die Sache noch nicht ausgestanden war.

„Adéláde!", rief die Oberin erneut, wurde aber vom Kommandanten harsch unterbrochen. „Die zwei wollen heiraten", stellte er amüsiert fest, „und uns ist nach tagelangem Marsch ebenfalls nach Feiern zumute."

Die Truppe johlte zustimmend und intonierte einen neuen Sprechchor, der Nahrung forderte. „Hochzeitsmahl, Hochzeitsmahl, Hochzeitsmahl."

Das niedrige Gewölbe vibrierte unter der Stimmgewalt der Soldaten. Der Befehlshaber hob die Hand, um sich Gehör zu verschaffen, dann bestimmte er sechs Leute, die in der Stadt Wein und Speisen auftreiben sollten.

Es war kaum eine Stunde vergangen, da kamen die Männer mit einem Fass Wein, Fleischpasteten, Brot, geräucherten Fischen, Schinken und einem Kleid zurück. Adéláde erkannte die Robe sofort. Es war die der Madame de Broc. Das prächtige Gewand und seine Besitzerin waren ihr schon öfter in der Sonntagsmesse aufgefallen. Die Soldaten mussten die Familie ausgeplündert haben.

Der Kommandant warf Adéláde das royal-blaue Kleid zu und befahl, dass sie es anziehen solle. Hamo fing ihren zweifelnden Blick auf, nickte ihr aber auffordernd zu. Marc konnte nicht einschätzen, ob er nur die aufgeheizte Stimmung nicht weiter anfachen wollte, oder ob es ihm gelegen kam, dass die Besatzer Adéláde mit ihm verheiraten wollten. Wahrscheinlich beides.

Zurück in ihrer Kammer legte Adéláde ihr Ordensgewand ab und verharrte einen Augenblick in Betrachtung der eleganten Robe, die nun neben dem schwarzen Habit auf dem Bett lag. Das Kleid erzählte von einem völlig anderen Leben, von Luxus und Sinnlichkeit, von Festen und Sorglosigkeit, aber auch von Oberflächlichkeit und Ignoranz. Sie fühlte sich unwohl es anzuziehen, zumal sie ein solches Leben niemals führen wollte.

Aber welches Leben war es, das sie erwartete? Ihr Blick schweifte zurück zur Ordenstracht. Die Gemeinschaft mit den Schwestern hatte ihr Geborgenheit vermittelt und ihre Aufgabe war erfüllend gewesen. Doch jetzt, da sie Hamo begegnet war, fühlte sie, dass es noch etwas Anderes gab. Die Zweisamkeit mit einem Mann, die Liebe eines Gegenübers, das einen in seiner ganzen Individualität wahrnahm und schätzte, etwas, das ihr mehr Halt geben würde als das Leben im Kloster. Es störte sie nur, dass sie zu einer Entscheidung gedrängt wurde, anstatt in Ruhe darüber nachdenken zu können.

Nur langsam griff sie nach dem edlen Stoff. Es widerstrebte ihr, das Kleid einer anderen zu tragen, zumal es geraubt worden war. Doch der Gedanke an Hamo überredete sie zuletzt doch, sich in den blauen Brokat zu hüllen.

Ihre Kammer hatte keinen Spiegel, in dem sie sich hätte betrachten können, aber sie spürte, wie der Stoff ihren Oberkörper fest umschloss, den Busen in frivole Höhe schob und ab der Taille elegant hinabfiel. Ein Hauch Parfum stieg ihr in die Nase. Der Duft der Madame de Broc war in den kostbaren Stickereien hängen geblieben.

Als Adéláde die Kapelle des Klosters betrat, sah sie, dass man die gesamte Schwesternschaft her befohlen hatte. Schließlich war sie die erste Nonne des Ursulinen-Klosters, die ihrer bürgerlichen Bestimmung zugeführt wurde und das sollte wirkungsvoll in Szene gesetzt werden. So fand die Trauung zwar in der Kirche statt, wurde aber nicht durch den Priester, sondern durch einen Beamten vollzogen, der mitten in der Nacht geweckt und herbeordert worden war.

Adéláde war nicht glücklich, denn hier ging es nicht um Liebe, geschweige denn um sie und Hamo. Den Revolutionären war lediglich daran gelegen, ihre Hochzeit zu instrumentalisieren, nicht, ihnen ein schönes Fest zu bereiten. Nicht, dass Adéláde es jemals gewohnt gewesen wäre, im Mittelpunkt zu stehen, aber an diesem besonderen Tag hätte sie es sich doch gewünscht und auch ein eigenes Kleid. Der tiefe Ausschnitt der Robe war ihr peinlich, weshalb sie ihr Haar offen trug, um die Brüste zu verbergen.

Unsicher schritt sie durch das Kirchenschiff, in den Schuhen einer Nonne und dem Kleid einer Dame. Beides passte nicht zu ihr und obwohl der Boden eben war, stolperte sie doch zweimal unter den Blicken der Schwestern: Den ängstlichen wie den verwirrten, den neidischen wie den gönnenden, den empörten wie den frohlockenden, letztere voller Hoffnung auf ein eigenes Glück, außerhalb des Klosters.

Endlich spürte sie den Blick, der ihr der liebste war. Hamo ging ihr entgegen und fasste ihre Hände, „komm", flüsterte er und endlich wagte sie, vom Boden aufzusehen. Ein Geruch von feuchter Erde, verflüchtigtem Eau de Cologne und Schweiß, entströmte Hamos Poren und erzählte ihr von seinen letzten

Stunden, von der Anspannung, die auch er hatte aushalten müssen.

Ein aufmunterndes Lächeln umspielte seinen Mund und kurz raunte er an ihr Ohr, „wir machen das Schauspiel mit, dann sind wir frei. Frei zu feiern, wie es uns beliebt."

Wie benommen ließ sie sich vor den Beamten führen, der dann ohne jede Feierlichkeit die Trauformel stotterte, als hätte man ihm mit der Guillotine gedroht, wenn er dafür länger als fünf Atemzüge benötigen würde.

Die Stimmung der Anwesenden war aufgeladen. Müdigkeit auf beiden Seiten, Hunger, Wut und Unmut nagte an den Nerven.

Endlich wurden die geplünderten Speisen freigegeben und ein unwürdiges Fest begann.

Der Kommandant begleitete die Feier mit einem Orgelspiel. Wild und wahllos hieb er in die Tasten und je mehr Wein er trank, desto ausholender wurden seine Bewegungen, desto dissonanter die Töne, die er dem Instrument abrang.

Seine Männer flegelten grölend auf den Kirchenbänken, tranken, rauchten oder aßen die geraubten Leckereien. Einige besetzten die Treppe zum Schlaftrakt, andere nahmen gleich Quartier in den Betten und forderten die Schwestern auf, sich zu ihnen zu legen.

Die Nonnen verkrochen sich in dunkle Nischen, wo sie an die Wand gedrückt von ihrem Stück Pastete aßen. Der Hunger war doch größer als der Stolz.

Es dämmerte bereits, als die Soldaten endlich betrunken genug waren, nicht mehr auf Hamo und Adéláde zu achten und beide nutzten die Gelegenheit, sich davon zu schleichen. Das rauschhafte Orgelspiel drang bis auf die Straße hinaus, dröhnte ihnen hinterher, jedoch mit jedem Schritt, den sie sich entfernten, ein bisschen leiser werdend, bis es schließlich ganz verklang.

Die Gassen waren leer. In der Stille hörte Adéláde jeden ihrer Schritte von den Pflastersteinen widerhallen, fast im Rhythmus ihres Herzschlags. Hamo hielt ihre Hand, ganz fest. Eine Weile gingen sie stumm nebeneinander her, wie in stiller Übereinkunft, sich von der reinen Morgenstimmung den Schmutz der wüsten Nacht abwaschen zu lassen.

Der Wind blies den Tabakrauch, das fremde Parfum und den Gestank der Soldaten aus ihren Kleidern und der Tau erfrischte ihre Gesichter.

Schließlich begann der erste Vogel sein Lied, dann ein zweiter und ein dritter, bis ein mehrstimmiger Gesang anschwoll, den neuen Tag zu feiern und wie es schien, auch die Verliebten. Ein heller Streifen durchzog den Himmel, stimmungsvoll wie das Lichtspiel in Hamos Gemälde.

Adéláde war müde, aber glücklich. Sie hatte keine Vorstellung gehabt, wie es sein würde, mit dem Maler davon zu gehen, aber jetzt fühlte sie das Neue auf sich zukommen, wie sie den Aufgang der Sonne erahnte.

Während sie so gingen, sah sie ihn schüchtern von der Seite an. Sie suchte eine Regung, eine Antwort auf die Frage, was er von allem hielt. Er spürte es und zog sie ganz fest an sich.

„Gott hat mit mir gesprochen", ergriff Adéláde das Wort, noch immer verwirrt von den Ereignissen und atemlos von der Umarmung, „er war es, der gesagt hat, ich soll dich heiraten."

Hamo lachte. „Dann gibt es keine Zweifel mehr?"

Er zog sie in eine kleine Seitenstraße, an deren Ende sich sein Haus befand. „Komm, ich zeige dir dein neues Zuhause."

Es roch nach Holz und Ölfarbe. Adéláde war nur einmal in dem kleinen, schmalen Fachwerkbau gewesen, heimlich, auf dem Rückweg von einer erkrankten Schülerin. Sie hatte lediglich die Werkstatt gesehen, die vielen Pinsel, Tiegel und Mörser. Jetzt führte Hamo sie nach oben, in sein Schlafzimmer.

Die Treppe war eng und Adéláde blieb fast mit ihrer Robe stecken. „Das ziehst du besser aus." Hamo zupfte an der Schnürung ihres Mieders und löste ein paar Schleifen.

Adéládes Herz ging schneller. Vor ihr lagen noch drei Stufen.

Ein breiter Lichtstrahl fiel durch eine angelehnte Tür. Langsam schritt sie darauf zu, gezogen von der warmen Hand Hamos.

Das Schlafzimmer roch nach Mann. Schüchtern stand sie vor dem großen Bett und wusste nicht, ob sie sich setzen sollte oder lieber stehen blieb. Noch während sie den Sessel vor dem Fenster in Betracht zog, riss Hamo sie an sich und küsste sie leidenschaftlich.

Marc spürte, wie Hamos Zunge um ihre kreiste und seine Hände geschickt damit begannen, die Haken ihres Kleides zu lösen, bis es schließlich auf den Boden glitt. Er fühlte seinen Griff, als wäre er es, der entkleidet wurde. Hamo presste Adéláde an sich, hart und drängend. Marc stockte der Atem und Adéláde war überwältigt von Hamos Erregung und von ihrer eigenen Lust. Seine Hände wühlten durch ihr Haar, sein Gesicht glitt abwärts, seine Zunge leckte ihren Hals, seine Nase drückte sich in ihre Achsel, um ihren Duft zu inhalieren. Schließlich warf er sie aufs weiche Bett. Marc spürte das kühle Leinen auf Adéládes Haut und den warmen, muskulösen Körper Hamos, wie er halb auf ihr, halb auf dem Bett lag. Seine Hände glitten zwischen ihre Schenkel, tasteten sich aufwärts und hinein in ihre warme Scham. Adéláde stöhnte und Marc bewegte sich mit ihr, entgegen dem rhythmischen Reiben seiner warmen, weichen Hand. Ein heiß-kaltes Kribbeln schoss durch ihren Leib bis in den Kopf, wo sie es als Glut auf ihren Wangen spürte. Aus einem Finger wurden zwei und Marc erschrak. Ein reißender Schmerz vertrieb die Lust.

Hamo warf seine ganze Schwere über sie.

Adéládes Atem stockte als Hamo langsam tiefer drang und seine Zunge ihre Brüste fanden.

Marc hörte das Blut in ihren Ohren rauschen und spürte ihren Leib wie seinen eigenen, rhythmisch, heftig, heiß. Die Welle jagte durch den ganzen Körper, heiser in der Kehle klebend und durch den Mund entweichend.

Marc wollte schreien, doch es gelang ihm nicht. Ein Ruck zog ihn aus Adéláde, hinein in seinen Körper, wie schon so oft, aber diesmal war es anders. Sein Puls war noch ganz Adéládes Aderschlag, doch sein Körper wie gelähmt. Unfähig sich zu bewegen, lag er auf dem Rücken, Speichel floss ihm aus dem Mund und auf seiner Brust lag eine Schwere, die ihm den Atem nahm. Panisch versuchte er, sich auf die Seite zu drehen, doch es war unmöglich. Sein Brustkorb war wie in Beton gegossen. Er meinte schon, sterben zu müssen, als sich der Mediziner in ihm meldete: *Hypnopompe Parasomnie* diagnostizierte er seinen Zustand. ›Bleib ganz ruhig‹, dachte er, ›das ist gleich vorbei‹, es ist nur eine Schlafparalyse. Er erinnerte sich, dass dieses Phänomen ein Schutzmechanismus des Körpers war, der ihn daran hinderte sich zu bewegen, damit er im Schlaf nicht die Handlungen ausführte, von denen er träumte oder, wie in diesem Fall, das zu tun, was er im Außerkörperlichkeitszustand erlebte. Trotzdem war es ein schreckliches Gefühl, nicht Herr über seinen Körper zu sein und sein Wissen linderte die Symptome kaum. Eben, als er dachte, nie wieder atmen zu können, löste sich die Starre. Schweißgebadet setzte er sich auf, weit weg von dem, was gerade noch so nah gewesen war: Adéláde!

Er verfluchte das Erwachen und sehnte sich zurück in ihren Körper, in ihr Leben, zu Hamo. Er wollte mehr von dem, was eine Frau empfand, wollte mehr von Adéláde, von ihrem Glück, von ihrer Zukunft. Marc schloss die Augen in der Hoffnung, noch einmal zurück zu können. Er suchte krampfhaft nach Entspannung, begann die Übung, doch er war viel zu wach. Es war vorbei. Das Tor ins Zwischenreich der Dinge blieb verschlossen.

Eine quälende Unzufriedenheit nagte an ihm. Marc fühlte sich wie aus dem Himmel gestoßen. Eben noch hatte er Ekstase erlebt und nun saß er im Zimmer eines schmuddeligen Bauernhofs. Trotzig schloss er die Augen, entschlossen zurück in die andere Welt zu gelangen. Doch alles, was er seinem Zustand abringen konnte, war Erinnerung. Ein glimmender Rest des Hochgefühls - wie der letzte Funke Glut in der Asche eines ausgebrannten Feuers. Marc ballte die Fäuste. Er fühlte sich wie ein Junkie, dem der Stoff ausgegangen war. Sein Körper zitterte. Die Gegenwart erschien ihm unerträglich.

Sein Handy klingelte. Im Display sah er Maries Namen. Er drückte sie weg und warf das Gerät in die Ecke. Gleichzeitig alarmierte ihn sein Zustand. Er zeigte tatsächlich Anzeichen einer Sucht. Allein der Gedanke, das Bett verlassen zu müssen, machte ihn nervös. Er wollte zurück zu, nein, *in* Adéláde. Er wollte ihren warmen Körper spüren, die schweren Brüste unter den Liebkosungen Hamos. Er wollte mit ihr und dem Maler leben.

Marc wischte den Schweiß von seiner Stirn und stöhnte.

Draußen zog eine Propellermaschine ihre Kreise, Geräusche der modernen Welt.

Adéládes Leben war vergangen. Der schöne, warme Körper – tot - und das Haus des Malers längst einem anderen gewichen.

Aber was hieß *lange vorbei*? Welche Rolle spielte Zeit?

Bewusstsein war endlos und unabhängig von Zeit und Raum. So hatte er es erfahren, konnte er doch ins universelle Bewusstsein eintreten, wo immer gegenwärtiges Jetzt herrschte.

Wie nach seinem ersten Trip ging Marc zum Spiegel, der über dem Waschbecken hing und betrachtete sich darin. Wer war er? Ein Teil vom Ganzen, ein Teil von Gott, das Puzzle-Stück einer Idee? Oder war er das Produkt der schöpferischen Vorstellung eines anderen? So wie die Figur eines Romans, die in einer anderen Dimension zum Leben erwacht? Vielleicht war Schöpfung vergleichbar mit dem Öffnen eines Matroschka-Püppchens, die verschachtelte Spur eines verborgenen Ursprungs.

Das Gedankenspiel holte ihn allmählich in die Gegenwart zurück. Ganz automatisch begann er, die Zähne zu putzen und sich zu waschen. Mit jeder Alltagshandlung erdete er sich ein Stück mehr, bis die Erinnerung an Adéládes Erleben verblasst war und nunmehr wie ein Traum erschien. Die Unruhe legte sich und endlich fand er wieder zu sich selbst.

Marie rief erneut an.

„Geht es dir immer noch nicht besser?", fragte sie, mit einem gewissen Unterton in der Stimme, der verriet, dass es sie weniger interessierte, ob er wieder fit war als viel mehr, warum er sie nicht mehr treffen wollte. „Sag' einfach, wenn du keine Lust hast, mich zu sehen, anstatt mich weg zu drücken."

„Nein", beschwichtigte Marc hastig und merkte, wie wichtig sie ihm war, „ich würde dich am liebsten sofort sehen."

„Und deshalb gehst du nicht ans Telefon?"

Marc schwieg verlegen in den Hörer. Wie konnte er so dumm sein, es sich mit ihr zu verderben? Und das wegen Adéláde! Jahrelang hatte er sich nach einer Partnerin gesehnt, als ihm völlig unverhofft Marie begegnet war und nun setzte er die zarten Anfänge einer Liebe aufs Spiel, weil er süchtig nach einer längst verstorbenen Nonne war.

„Mir ging es wirklich nicht gut", beteuerte er, „ich musste erst die Sache mit Damian abschließen. Wenn wir uns treffen, erzähle ich dir alles."

Marie nippte an ihrem Wein. Sie saßen in ihrem Stamm-Café und sie hatte Marcs Erzählung von der Tochter des Bauern, dem Tunnel und dem verschwundenen Schatz aufmerksam zugehört und ihn nur einmal unterbrochen, als sie wissen wollte, in welchem Alter Madame Fabron war. Mit der Antwort hatte sie sich beruhigt zurückgelehnt, da sie in ihr wohl keine Konkurrenz erkennen konnte. Mit immer größerem Erstaunen lauschte sie der Geschichte, die mit dem Erdloch im Wald endete.

„Warum hast du die Goldmünze Madame Fabron geschenkt?", fragte sie enttäuscht, „ich hätte sie gerne einmal gesehen."

Marc winkte ab. „Damian hat zu Hause noch einen kleinen Teil des Schatzes herumliegen. Ich werde ihn eurem Museum zukommen lassen. Eine Madonna ist auch darunter."

Marie nickte. „Aber, warum hast du mich nicht mit in den Tunnel genommen? Vielleicht hätte ich noch etwas Anderes entdeckt als die Goldmünze."

„Mehr gab es nicht zu entdecken", beruhigte Marc sie, ohne sein Wissen aus den Außerkörperlichkeits-Trips zu erwähnen, das ihm erlaubte über den vollen Umfang des Schatzes informiert zu sein und auch darüber, dass das, was in der Nische die Jahrhunderte überdauert hatte, komplett weg war. Dazu fehlte ihm der Mut. Vielleicht würde er es eines Tages tun und ihr beibringen, wie man in jenen Zustand gelangte. Vorerst aber beließ er es bei den beweisbaren Fakten.

Später landeten sie in Maries Straße. Diesmal nahm sie ihn mit hinauf in ihre Wohnung.

Auf einem frostblauen Glastisch lagen fein säuberlich die Ausdrucke von Stellenausschreibungen in Köln und Umgebung. Marie hatte nicht damit gerechnet, dass Marc sie besuchte und nun versuchte sie in einem Anflug von Verlegenheit, ihre Umzugsgedanken zu verstecken. Marc war schneller. Er griff sich einen der Zettel und las vor, „Wissenschaftliche Mitarbeiterin im Museum für …"

Marie entriss ihm die Anzeige und er zog sie in die Arme. „Du möchtest nach Köln ziehen?"

„Vielleicht."

„Warum nur vielleicht?"

Marie schwieg. Er küsste sie und grinste dann: Warum überhaupt nach Köln?

Marie drehte den Kopf zu Seite.

Marc küsste sie wieder. „Dort ist doch alles kaputt."

Jetzt musste Marie doch lachen, wurde aber schnell wieder ernst.

„Du hast dich ganz schön lange nicht gemeldet, dafür, dass du mir den Vorschlag gemacht hast, nach Deutschland zu ziehen."

Marc zog sie an sich. „Tut mir leid. Ich war einfach gefangen in dieser Geschichte."

„In welcher Geschichte?"

„In der Geschichte um den Schatz."

„Und jetzt bist du traurig, dass dein Freund und der Schatz fort sind?"

„Ach was", sagte Marc und drückte sie fest an sich, „ich habe doch meinen eigenen Schatz gefunden!"

Marie war versöhnt. Sie küssten sich innig, dann zog sie ihn ins Schlafzimmer. Marc fiel die Satinbettwäsche auf, die gleiche, die er besaß und die er fälschlicherweise während seiner ersten Außerkörperlichkeitsreise gesehen hatte. „Wir haben den selben Geschmack", flüsterte er und zog sie in die samtweichen Laken. Als er sie berührte und ihr in der Hast seiner Erregung am liebsten die Kleider vom Leib gerissen hätte, erinnerte er sich an Adéládes Empfinden, wie es ihr Verlangen gesteigert hatte, spielerisch und langsam entkleidet zu werden, verführt von geschickten Griffen und raffinierten Berührungen an den richtigen Stellen – nie zu eindeutig, immer kurz genug, um ihren Hunger nach mehr zu steigern.

Marc bremste sich, obwohl es ihm schwerfiel. Er tat mit Marie das, was er in Adéláde genossen hatte und Marie kostete es sichtlich aus. Das rote Haar klebte wild an ihren geröteten Wangen und ihre Brüste wippten mit jeder Bewegung auf und ab. Er genoss es, in das weiche Fleisch zu greifen, es zu drücken und zu liebkosen. Er liebte die Geräusche, die sie von sich gab, das Hohe in ihrer Stimme und das Tiefe in ihrer Kehle. Und er genoss die Hemmungslosigkeit mit der sie sich hingab. Seine Beherrschung hatte sich gelohnt, ihre Reaktion steigerte auch seine Lust und die Intensität seiner Empfindungen.

Am nächsten Tag holte Marc seine Sachen und die wenigen Habseligkeiten Damians aus dem Zimmer, bezahlte den Bauern und verbrachte die letzten Stunden vor seiner Abreise mit Marie. Sie planten ihren Umzug für die Zeit um Weihnachten, bis dahin sollte sich aus ihren Bewerbungen etwas ergeben haben. An etwas Anderes wollten beide nicht denken.

„Pass' auf dich auf", sagte Marie und klopfte auf das Dach von Marcs Auto, „du wirst sicher nicht vor Mitternacht zu Hause ankommen." Sie küsste ihn zum Abschied auf die Wange. „Ich werde dich vermissen."

„Wir telefonieren jeden Tag", versprach Marc, „außerdem komme ich doch bald wieder, um die Madonna und die Münzen zu bringen."

Am folgenden Freitag konnte Marc es kaum abwarten, die Freunde in der Altstadt zu treffen. Seine Erlebnisse ließen ihn nicht los und er hoffte, mit seinen Kollegen philosophische Schlüsse ziehen zu können, die sich aus der Erkenntnis ergaben, dass Bewusstsein nicht auf den Körper beschränkt war und dass man die Möglichkeit hatte, an der Existenz anderer teilzuhaben. Er war schon eine viertel Stunde früher dort. Der Sommer hatte Köln in einen subtropischen Dschungel verwandelt. Ein Dickicht an Menschen wucherte durch die Gassen der Altstadt, in der sich die feuchtwarme Luft der Kölner Bucht wie in einem Gewächshaus ballte.

Marc versuchte sich einen Weg durch die leicht bekleidete Menge zu bahnen. Es roch nach warmer Haut, nach Schweiß und nach Bier.

Heute hätte das Kölsch aus Brunnen fließen können, ohne dass es den Leuten genügt hätte. Angetrunkene hatten sich spontan zu Sprech- und Singchören zusammengefunden, grölten Fußball-Hymnen, Refrains aus Kult-Schlagern und sogar das ein oder andere Karnevalslied. Die anderen bahnten sich ihren Weg in einen der kühlen Bierkeller oder auf die Wiesen an der Uferpromenade, wo vom Rhein her der Wind für ein wenig Erfrischung sorgte.

Marc steuerte vorbei an Souvenirläden, japanischen Reisegruppen und Straßencafés bis zu einem Stehtisch in Ufernähe. Er hasste den Tumult und sehnte sich einen Moment lang nach Le Mans.

„Erst mal ein Mineralwasser", rief er dem Kellner zu, bestimmter als sonst, fester als noch vor einer Woche.

Als erste kam Sylvia. Sie winkte ihm schon von weitem zu und trug heute, wie als hätte sie den sechsten Sinn, eine Chiffonbluse, tief ausgeschnitten und lässig über einem kurzen Rock geknotet. Marc lächelte ihr entgegen. „Chic, chic", sagte er, aber dachte, dass er nun Marie gefunden hatte und begann auch sofort von ihr zu erzählen. Sylvia wirkte enttäuscht, versuchte aber, es sich nicht anmerken zu lassen. In der Zwischenzeit trudelten auch die anderen ein. Timo, Achim und Elena, die beiden Letzteren händchenhaltend.

„Da ist mir wohl etwas entgangen", stellte Marc fest und kratzte sich am Kopf.

Achim grinste. „Das letzte Mal ist es etwas später geworden. Nur du bist so früh gegangen …"

„Dir entgeht halt so einiges", stichelte Elena mit einem Seitenblick auf Sylvia.

Marc biss sich auf die Lippe. Nein, das war ihm nicht entgangen, aber zwischen ihm und Sylvia, das war immer so ein lauwarmes Dauerinteresse gewesen, mit Aufs und Abs, ohne wirklich ernsthafte Bemühungen, weder von ihrer, noch von seiner Seite. Oft kam es ihm vor, als hätten sie eine stille Übereinkunft getroffen: Wenn niemand jemanden findet, dann hätten sie ja sich. So richtig gefunkt hatte es nie. Jetzt war Marc als erster fündig geworden. Das mochte für Sylvia eine Enttäuschung sein, aber sicher kein Drama. Daher lenkte sie auch schnell von Elenas Seitenhieb ab und forderte Marc auf, zu erzählen, warum er sie zusammengetrommelt hatte.

Marc begann. Er erzählte von Damian und seiner Suche nach dem Freund in Le Mans. Offen und detailliert schilderte er seine Erlebnisse im Außerkörperlichkeitszustand, auch die Sache mit Adéláde. Er entschuldigte sich für seine Ignoranz in der vergangenen Woche und erklärte euphorisch sein neues Weltbild. Als er geendet hatte, herrschte Schweigen. Die Verwirrung hing in der Luft wie ein unsichtbares Labyrinth.

Erst nach einer ganzen Weile wagte Achim den ersten Einwurf.

„Dein Freund hat einen Schatz gefunden und ist damit auf und davon?"

Elena schüttelte rügend den Kopf. „Das ist ja wohl das Nebensächlichste an der ganzen Sache. Es geht doch um das Verlassen des Körpers." Sie sah Marc in einer Mischung aus Staunen und rationaler Abwägung an. „Das klingt im wahrsten Sinne des Wortes *fantastisch.*"

„Das sagst gerade du?", entgegnete Marc enttäuscht, „da du doch diejenige warst, die das Thema Extrakorporalität erst aufgebracht hat?"

„Das war ich", meldete sich Sylvia, „ich habe aber nur vom luziden Träumen eines Patienten erzählt, der auf diese Weise seine sportlichen Leistungen steigern konnte. Von diesen sogenannten Astralreisen habe ich nichts erwähnt. Das gehört ja mehr in den Bereich Esoterik."

„Ich bin aber kein Esoteriker und habe auch nicht geträumt", sagte Marc bestimmt, „ich war außerhalb meines Körpers und habe ein anderes Leben mitgelebt."

„Zumindest in Auszügen", lenkte Elena ein, „aber du hast natürlich Recht, ich habe das luzide Träumen als reale Möglichkeit verteidigt, und deshalb denke ich, dass das, was du erzählst, da ganz gut reinpasst. Man kann seine Träume gemäß seinen Wünschen lenken."

„Ich habe nicht geträumt", betonte Marc, „ich habe meinen Körper verlassen und das, was ich gesehen und erlebt habe, habe ich mir weder gewünscht, noch es gesteuert. Es ist einfach geschehen."

Elena presste die Lippen aufeinander, als überlegte sie, ob sie das, was ihr auf der Zunge lag, wirklich aussprechen sollte. Dann aber konnte sie sich nicht zurückhalten. „Du wolltest wissen, wie es sich für eine Frau anfühlt, mit einem Mann zu schlafen, kannst du dich erinnern? Dann bist du aufgebrochen. Heute sehen wir dich wieder und du erzählst uns, dass du genau das erlebt hast. Das hört sich schon nach einem luziden Traum an, in dem genau das geschah, was du dir gewünscht hast."

Marc schüttelte den Kopf. „Nein, ich habe meinen Körper verlassen und bin in ein Bild gestiegen. Von dort aus habe ich mich an das Bewusstsein des Malers gekoppelt und dadurch an dasjenige der Menschen, an die er gedacht hat, als er das Gemälde schuf.

Das war nicht meine Idee. Für so etwas fehlt mir offen gestanden die Phantasie. Ich bin den Spuren Damians gefolgt. Es war die verzweifelte Suche nach meinem verschwundenen Freund. Ohne ihn hätte ich mich nie mit so etwas beschäftigt. Ihr kennt mich doch! Ich bin ein rationaler Mensch. Was ich euch erzähle, ist keine Spinnerei, denn ich wäre der Erste, der das annehmen würde, aber ich sage euch: Außerkörperlichkeit ist real!"

Timo nickte. „Ich finde auch, Elena, du solltest Marc sein Erleben nicht absprechen."

„Ich spreche ihm seine Erlebnisse nicht ab, sondern deute sie nur anders", erklärte Elena, „ich glaube, da hat sich ganz viel vermischt: Unsere Unterhaltung, der Marc nur mit halbem Ohr gefolgt ist, die aber irgendwo in seinem Unterbewusstsein abgespeichert wurde, dann dieser Zehn-Punkte-Plan für Außerkörperlichkeitsreisen und schließlich die Begegnung mit der attraktiven Marie." Elena lächelte kurz, „ich bin übrigens gespannt, sie kennen zu lernen."

Sie machte eine Kunstpause und sah dabei bedeutungsvoll in die Runde. „Marc hat seinen Wunsch, mit Marie intim zu werden, auf die Figur einer Nonne projiziert, denn er hielt eine Fernbeziehung mit Marie für unmöglich. Die Nonne steht also für die Unerreichbarkeit von Marcs Bedürfnissen."

Marc schlug mit der Faust auf den Tisch, so dass die Gläser einen kleinen Sprung machten. „Bist du eigentlich bescheuert?", entfuhr es ihm. Dabei fühlte er, wie sich die Augen der umstehenden Gäste auf ihn richteten, was ihm außerordentlich peinlich war. Gleichzeitig spürte er den beleidigten Blick Sylvias, die die Deutung wohl als persönliche Abfuhr empfand, da sie in dem Traum nicht vorgekommen war. „Pfft, Nonne!" warf sie ein, „da hätte Marc doch etwas Anderes haben können."

„Na, na", beschwichtigte Timo, „ich bin ja sonst auch eher der rationale Typ, aber was Marc erzählt, geht doch weit über ein erotisches Abenteuer hinaus."

„Erotisches Abenteuer?" empörte sich Marc, bemüht, seine Stimme flach zu halten, „was denkt ihr euch eigentlich? Ich und Adéláde sind eins. Wir alle sind eins! Und überhaupt, wie kommt ihr dazu, euch in psychologischen Deutungen über meine Erfahrungen auszulassen? Was maßt ihr euch an? Hat irgendjemand von euch schon einmal die Außerkörperlichkeit erlebt? Habt ihr überhaupt eine Erfahrung, die es euch erlauben würde, einen luziden Traum von einer extrakorporalen Reise zu unterscheiden?"

Die anderen schwiegen und sahen betreten auf ihre Getränke. Hinter den Gesichtern seiner Freunde erkannte Marc Besorgnis, ließ sich aber nicht beirren.

„Vor zwei Wochen habt ihr mir übelgenommen, dass ich nichts für euren Psychokram übrighabe. Ich gebe zu, als Timo von der Patientin anfing, die nach einem Herzstillstand von ihrem Außerkörperlichkeitserlebnis berichtet hat, bin ich gegangen, weil ich an so etwas nicht geglaubt habe. Aber nach meinen eigenen Erlebnissen bin ich überzeugt davon, dass es mehr gibt als die Materie, die wir täglich wahrnehmen. Wir sind einfach ignorant, wenn wir metaphysische Geschehnisse abtun, nur, weil sie sich nicht messen oder wiederholen lassen."

Elena lenkte ein. „Ja, tut mir leid. Ich wollte dein Erleben nicht klein reden. Für mich als Psychologin schien es naheliegend, dass es ein Klartraum war." Sie sah einen Augenblick nachdenklich auf die Uferpromenade, auf der sich ein bunter Haufen Menschen tummelte. „Du meinst also, wir sind alle miteinander verbunden, merken es aber im Normalzustand nicht?"

Marc folgte ihrem Blick. Unter den sommerlich gekleideten Leuten entdeckte er die Frau mit den langen schwarzen Haaren, die ihm schon das letzte Mal aufgefallen war und die er für eine Romanistin gehalten hatte. An ihrer Seite der Mann, der sie so innig umarmt und geküsst hatte. Fast schien es ihm, als hätten sie Ähnlichkeit mit Adéláde und Hamo. Er hielt die Luft an. Konnte es sein, dass Elena mit ihrer Deutung Recht hatte? Eine spontane Enttäuschung stieg in ihm auf und er erinnerte sich an die "falsche" Bettwäsche, die er beim Verlassen seines Körpers gesehen hatte, obwohl sie gar nicht in Benutzung war. Seine Gedanken flatterten wie ein aufgescheuchtes Huhn von einer Erinnerung zur anderen, von Adéládes Kammer in den unterirdischen Tunnel, vom Kloster bis in das Haus von Michel dem Maurer und von dort in den Keller von Madame Fabron.

Nein, er ließ sich nicht beirren! Ähnlichkeit hin, psychologische Deutung her, er war dabei gewesen, als Michel die Schätze hinter der Wand aus Holzbohlen und Lehm verborgen hatte und er hatte den Ort zweifelsfrei wiedererkannt, als er vor ein paar Tagen dort hinabgestiegen war.

„Sprichst du jetzt nicht mehr mit mir?" wollte Elena wissen, weil Marc ihr keine Antwort gab.

„Doch, doch", entschuldigte er sich, den Blick immer noch auf das Paar geheftet, das sich nun langsam auf ihn zu bewegte. Hand in Hand, miteinander redend und lachend, „ich überlege nur gerade, wie ich es am besten formuliere ..."

Marc schwamm noch zwischen den Ufern Gewissheit und Zweifel. Ein Strom an Gedanken und Abwägungen durchflutete sein Gehirn. Ja, da waren diese kleinen Ungereimtheiten wie die falsche Bettwäsche, aber was sagte das schon? Es gab eben diesen Bereich jenseits aller Logik, jenseits von Raum und Zeit, unabhängig von gestern und morgen. Hatte er nicht die Projektion der Chimäre auf der Museumsfassade vorausgesehen? Das konnte kein Traum gewesen sein. Warum denn sollte er nicht die Bettwäsche von einem anderen Ort gesehen haben, wenn in dieser unerforschten Welt des kollektiven Bewusstseins, gespeist aus Erinnerungen und Erwartungen, völlig andere Gesetze herrschten?

Nein, er war sich ganz sicher. Was er erlebt hatte, war real und spiegelte Realität wider.

Das Pärchen war nun ganz nah. Es flanierte am Stehtisch vorbei, ganz dicht an Marc. Ein Hauch ihres Parfums strömte in seine Nase, ein kühler, synthetischer Duft. Sie war hübsch, hatte aber keinerlei Ähnlichkeit mit Adéláde. Ein Gesprächsfetzen drang an sein Ohr: „Die Schüler haben überhaupt kein Verständnis dafür, dass sie das alles für sich lernen. Mathematik kann man immer…" der Rest des Satzes verflüchtigte sich im Klang eines heruntergefallenen Bierglases und das Pärchen verschwand in der Menge.

„Meine Intuition ist ausbaufähig", sagte Marc zu Elena, die ihn von der Seite her mit ihrem Blick durchbohrte, „ich hätte nämlich gewettet, sie ist Romanistin."

„Wer?", Elena folgte Marcs Blick, „die Dunkelhaarige?"

„Ja, sie ist mir schon vor einer Woche aufgefallen und da hatte ich mit mir gewettet, dass sie Romanistin ist."

Sylvia trank ihr Bier hastig aus. „Also, ich gehe dann mal."

Elena stieß Marc heftig in die Seite, während sie Sylvia nachrief „warum denn jetzt schon, es ist doch noch so früh."

Sylvia verschwand in der Menge der Altstadtbesucher, ohne sich noch einmal umzudrehen.

„Du bist wirklich unsensibel", beschwerte sich Elena und sah Marc vorwurfsvoll an.

Der verschränkte die Arme. „Also, jetzt ist es wirklich genug. Ich weiß nicht, was ihr heute alle von mir wollt."

Achim nickte Marc verständnisvoll zu und legte Elena beschwichtigend die Hand auf den Arm. „Lass' es jetzt gut sein."

Auf Marcs Nasenwurzel grub sich eine steile Falte. „Was denn? Was soll sie gut sein lassen? Es war doch gar nichts."

„Eben", mischte sich nun auch Timo ein, „lasst uns jetzt zum Thema zurückkehren und Marcs Antwort hören."

Marc streckte sich und wirkte gleich ein Stück größer. „Ja, ich denke, es gibt eine Verbindung zwischen allen Wesen und nach dem, was ich erlebt habe, auch mit jenen, die schon verstorben sind. Vielleicht ist Gott universelles Bewusstsein und alle unsere

Erfahrungen werden in ihm abgespeichert und sind unter bestimmten Umständen abrufbar. Und bevor ihr weiter bohrt: Nein, beweisen kann ich das nicht. Ich kann euch nur empfehlen, es selber auszuprobieren. Macht eure eigenen Erfahrungen im Außerkörperlichkeitszustand und beurteilt es dann für euch selber, was davon zu halten ist, anstatt ohne eigenes Wissen daran herumzudeuteln."

Timo stimmte ihm zu. „Ich bin dabei. Was mir diese Herz-Patientin erzählt hat, fasziniert mich nach wie vor. Ich denke auch, lasst es uns versuchen und dann treffen wir uns wieder und diskutieren!"

Marc war zufrieden. Er hatte erreicht, was er sich erhofft hatte. Seine Freunde würden unvoreingenommen neues Terrain betreten und es gemeinsam mit ihm erforschen. Er freute sich auf die künftigen Treffen, in die nun frischer Wind kommen würde. Auch Sylvia würde sich wieder einkriegen.

Es wurde bereits dunkel, als Marc noch eine Weile mit sich und seinen Gedanken allein am Rheinufer entlang spazierte. Die Sonne schickte einen letzten Streifen tiefen Rots an den Horizont, der die zarten Schleierwolken in eine stimmungsvolle Glut tauchte. So, wie die Sonne diesen letzten Schimmer hinterließ, hatte Damian einen Abschiedsgruß in Marcs Leben hinterlassen. Auf der Suche nach ihm, hatte Marc eine neue Welt entdeckt und seinen ganz eigenen Schatz gefunden. Er freute sich auf seinen nächsten Trip, er freute sich auf die ganz neue Art von Experimenten und er freute sich auf Marie.